Mona LASSUS

L'ÉTRANGE DESTIN DES SŒURS MICHON

©2016, Mona Lassus
Editeur : BoD - Books on Demand,
12/14 rond-point des Champs Elysées, 75008 Paris
Impression : BoD - Books on Demand GmbH, Allemagne
Dépôt légal : janvier 2017

ISBN: 9782322137695

« Il faut toujours un coup de folie pour bâtir son destin. »

Marguerite Yourcenar

Une vie simple sans histoire

Qui aurait pu imaginer, connaissant les jumelles Michon, demoiselles sans histoire, qu'un tel destin scellerait leur petite vie tranquille dans ce village perdu au fin fond de la campagne périgourdine ? Il faut dire que depuis ces quarante dernières années, Mathilde et Clotilde n'avaient guère bougé de la ferme où elles avaient vu le jour et ne connaissaient rien de ce qui se passait dans le monde en dehors de ce qu'elles en apprenaient par la radio qu'elles écoutaient tous les matins autour du petit déjeuner et des journaux que le facteur déposait une fois par semaine.

Du lever au coucher, leur vie n'était faite que de rituels bien réglés depuis leur plus tendre enfance. Mathilde se levait toujours la première, dès que le jour pointait. Tel un métronome, elle réglait la vie de sa sœur avec une précision pointilleuse. C'était une habitude que lui avait transmise leur père, toujours prêt, dès l'aube, à prendre le chemin de l'écurie pour soigner les bêtes et vaquer aux travaux de la ferme.

Depuis que le père était parti pour l'autre monde, la mère à son tour avait tiré sa révérence et les deux sœurs étaient restées seules pour continuer ce qu'avaient toujours fait leurs parents : soigner les bêtes, retourner la terre, semer, récolter, aller au marché du village voisin une à deux fois par mois vendre leur maigre production. Ces jours là, de bon matin, Mathilde attelait le vieux cheval de trait à la carriole et elles partaient avec leur chargement, ne rentrant que lorsque toute leur récolte avait été vendue, quelques francs en poche qui leur permettaient de vivre chichement, mais elles n'avaient pas de grands besoins et se contentaient de ce qu'elles avaient, sans tralala ni fantaisie.

Elles avaient quitté l'école à treize ans après leur certificat d'études et étaient restées auprès de leurs parents, aidant la mère aux travaux ménagers et le père à la ferme.

Elles ne s'étaient pas mêlées aux distractions de la jeunesse du village, n'avaient pas fréquenté les bals ni participé à aucune activité en dehors des promenades familiales après la messe et le repas dominical. Elles étaient considérées comme des filles pieuses, des demoiselles sages, gentilles et de bon service.

Elles fuyaient la présence des garçons et on ne leur avait jamais connu la moindre amourette. Elles étaient vier- ges et pensaient le rester jusqu'à la fin de leurs jours, non parce qu'elles étaient laides, bien au contraire, mais c'était ainsi ; la vie n'avait pas voulu les séparer et faire entrer des hommes dans leur intimité leur avait toujours paru trop compliqué.

Elles étaient pourtant ce qu'on aurait pu appeler deux belles plantes. Assez grandes, naturellement souples bien que costaudes, la taille bien prise, le mollet alerte et fin, le visage d'un bel ovale, une bouche charnue et sensuelle, deux yeux clairs presque gris, une chevelure abondante et brune, elles auraient pu séduire plus d'un prétendant.

Clotilde avait un petit quelque chose de mutin qui lui ajoutait le charme qui manquait à sa sœur, plus renfermée, plus sauvage, moins fine d'esprit. Avec l'âge, Mathilde s'était épaissie, sa démarche était devenue plus lourde, ses traits s'étaient durcis et elle ne mettait aucun soin à sa toilette alors que Clotilde était restée mince et s'attachait à une certaine coquetterie qui agaçait sa sœur. Leur vie campagnarde et retirée ne leur avait jamais permis de sortir de cette solitude à deux ni de se préoccuper de savoir si elles étaient séduisantes. Toujours propres mais sans recherche, leur garde-robe ne se composait que de vieux habits datant du temps où la mère les emmenait en ville acheter robes et manteaux qui devaient durer jusqu'à l'usure irréparable.

Depuis toutes ces années, elles n'avaient jamais dépensé le moindre argent pour renouveler ou ajouter des nouveautés à leur garde-robe, raccommodant, détricotant, et retricotant chaque fois que nécessaire. Leur seul luxe était d'acheter, au marchant ambulant qui s'installait sur la place de l'église au mois de septembre de chaque année, une paire de godillots qui devaient faire le plus d'usage possible. Ces chaussures ne servaient que pour les grandes occasions, la messe du dimanche et les jours de marché. Pour la maison et les jours ordinaires, elles se contentaient de charentaises qu'elles enfilaient dans des sabots pour aller au jardin et soigner les bêtes.

Lorsque leur tignasse devenait trop envahissante, elles se coupaient à tour de rôle l'excédent de cheveux comme l'avait fait leur mère depuis leur enfance et ne dépensaient pas un centime en coiffeur ni en produits de beauté. Leur toilette était faite avec le savon de ménage et le seul parfum qu'elles connaissaient était celui laissé sur leur peau par la lavande qu'elles plaçaient dans l'armoire, sur leur linge.

Debout dès potron-minet, Mathilde passait le café additionné d'une cuillerée de chicorée pour en couper l'amertume et parce que le café, ça coûte cher ; elle coupait deux grandes tranches de la miche de pain remisée dans la huche, ouvrait un pot de confiture, faisait rissoler une tranche de lard et cassait deux œufs dessus. Lorsque la pendule comtoise sonnait sept heures, elle allumait la radio et criait à la cantonade :

« Clotilde ! C'est l'heure ! Lève-toi ! »

Comme Clotilde tardait en baillant et s'étirant, enfoncée jusqu'au menton dans la chaleur du lit, savourant les derniers instants de farniente, Mathilde ouvrait brusquement la porte de la chambre, prenait à deux mains draps et couvertures et les rabattait d'un coup sec en disant :

« Millo dious ! Vas-tu te lever fainéante ? »

Clotilde se levait alors à regret en maugréant, enfilait le vieux tablier qui lui servait de robe de chambre et se dirigeait en trainant les pieds dans ses charentaises jusqu'à la cuisine. Les deux sœurs prenaient leur petit déjeuner en écoutant les nouvelles à la radio, commentaient les événements, discutaient sur le sens à leur donner ; l'émission terminée, chacune vaquait à ses occupations.

Mathilde partait soigner les bêtes pendant que Clotilde rangeait la maison et préparait le repas de midi qu'elles prenaient, face à face, occupant la même place qui leur avait été octroyée depuis qu'elles avaient été en âge de se tenir à table. Le repas avalé, la vaisselle lavée et rangée, elles prenaient un ouvrage, s'asseyaient derrière la fenêtre jusqu'au repas du soir. A dix neuf heures trente, elles dînaient, écoutaient la radio et allaient se coucher à vingt deux heures.

L'été, aux mêmes heures, elles faisaient les mêmes choses, travaillaient la terre, faisaient conserves et confitures, s'installaient dehors, sous la tonnelle et allaient parfois faire une promenade digestive après le dîner, bras dessus, bras dessous, autour de la place du village ou dans un petit chemin de terre derrière la maison. D'année en année, elles avaient toujours vécu ainsi et ne s'en plaignaient pas.

Ce matin du vingt et un décembre 1955 était un jour particulier. Comme tous les ans à cette époque, Mathilde avait préparé un petit déjeuner spécial, celui des jours de fête et des matins de Noël.

Sur la grande table en bois qui occupait le centre de la pièce, devant le cantou où elle avait allumé un bon feu, elle avait disposé, sur des napperons de dentelle blanche, deux bols de porcelaine, ceux là mêmes qui ne servaient que dans les grandes occasions. Elle avait versé le café dans une cafetière assortie et, dans une assiette, elle avait posé les tartines qu'elle avait fait griller au-dessus de l'âtre. Dans un ravier, un beau morceau de beurre n'attendait qu'à être tartiné et un pot de confiture des cerises du jardin viendrait compléter le festin. Dans un plat, les tranches de lard et les œufs fumaient, dégageant une bonne odeur qui aiguisa l'appétit de Clotilde. En voyant cette installation, alors que ses narines étaient agréablement chatouillées pendant qu'elle s'attardait au lit, elle fit l'étonnée. Elle questionna sa sœur mi-figue, mi-raisin :

« C'est-y qu'on serait déjà à Noël ?
—Mais non, grande godiche ! S'exclama Mathilde. C'est notre anniversaire, aujourd'hui !
—Ha ! Fit Clotilde. C'est vrai. Et bien, n'y a pas de quoi en être fières et je m'en serais bien passé ! Millo diou ! Quarante ans ! Et qu'est-ce qu'on a fait de notre vie, hein ? Pas de mari, pas de gouillat ! Rien que cette vieille bicoque, toi, moi et nos poules ! En voila une belle besogne ! Et qu'est-ce qu'on va faire, aujourd'hui, pour fêter ça ? Comme d'habitude, on va soigner les bêtes et aller au cimetière nettoyer et fleurir la tombe de nos vieux qui dorment là bas et qui s'en moquent bien de ce qu'on devient ! Finit-elle en écrasant une larme d'un doigt rageur.

—Tais-toi donc, malheureuse ! Protesta Mathilde. Si la mère t'enten- dait ! Et puis arrête, tiens, tu vas me faire pleurer, moi aussi, c'est malin ! »

Tout en palabrant, Clotilde avait tartiné le beurre et la confiture sur les tranches de pain. Elle en tendit une à sa sœur.

« Bon anniversaire quand-même, sœurette. Lui souhaita-t-elle.
—Merci, répondit Mathilde un peu renfrognée. Bon anniversaire à toi aussi. »

Les deux sœurs dévorèrent de bon appétit le contenu des assiettes et n'en laissèrent pas une miette. Tout en mangeant et en buvant leur café, elles avaient continué à discuter, se chamaillant, comme tous les ans, sur la question de savoir qui d'entre elles était l'ainée. Mathilde avait vu le jour la première, Clotilde prétendait donc être l'ainée puisque les premiers arrivés doivent forcément être les derniers. Elle démontrait par A + B que c'était elle qui avait été conçue la première et qu'en conséquence, placée au fond de l'utérus de leur mère, elle avait bien été obligée de laisser passer sa sœur pour pouvoir à son tour pointer son nez à la lumière de la vie. Mathilde finissait toujours par avoir le dernier mot :

« Ha bah ! Ça nous fait une belle jambe, tiens, de savoir qui est l'ainée. Le fait est qu'on est là, toi et moi, un point c'est tout ! »

La table débarrassée, la vaisselle lavée et rangée, Mathilde enfila un vieux pardessus qui avait appartenu à son père, chaussa ses sabots par-dessus ses savates et prit le chemin du poulailler. Clotilde se retira dans leur chambre pour faire sa toilette du dimanche. Munie d'une grande bassine en fer, d'une bouilloire d'eau chaude et d'un savon de Marseille, elle se déshabilla, se bassina avec soin, se lava les cheveux ; nue devant la glace de l'armoire, elle s'attarda à se regarder sous toutes les coutures.

« Quand-même, se disait-elle, je ne suis pas si moche. Bon, d'accord, j'ai quelques rides, là, au coin des yeux. Mais j'ai encore de beaux cheveux, mes yeux sont clairs et j'ai d'assez belles jambes. Et puis, je suis plus fine que Mathilde. Elle, elle a beaucoup grossi. Elle tient ça de maman. Moi, je tiens plutôt de papa, qui était sec comme un coup de trique. »

A cette pensée, elle sourit, revoyant son père, finalement plutôt bel homme. Elle brossa sa tignasse brune où commençaient à poindre quelques fils argentés, l'attacha avec un peigne sur la nuque et, coquette, tartina ses lèvres de rouge, ce tube qu'on leur avait offert pour leurs vingt et un ans, qu'elle n'avait jamais réussi à user tant il était rare qu'elle ait eu à s'en servir. Mathilde avait rangé le sien dans le tiroir de sa table de nuit sans jamais l'avoir utilisé et l'avait oublié. Satisfaite de son image, elle enfila une robe-tablier propre, fit le lit, rangea la chambre et passa un coup de balai dans la cuisine. De retour du poulailler, crottée et mal coiffée, Mathilde stoppa net en apercevant sa sœur.

« Tu vas au bal ou bien c'est-y le carnaval aujourd'hui ? Lui jeta-telle. »

Clotilde lui répondit par un haussement d'épaule.

« Dépêche-toi donc de te préparer ou nous allons être en retard à la messe. » La tança-t-elle.

De retour de l'office, les deux sœurs déjeunèrent. En attendant que Mathilde ait fini ses rangements, Clotilde s'installa avec un ouvrage derrière la fenêtre qui donnait sur la seule rue du village, le traversant de part en part. Ce village avait connu, autrefois, avant la guerre, une effervescence qui n'était plus d'actualité. Les jeunes étaient partis travailler à la ville, les vieux n'avaient pas été remplacés dans les fermes dont la plupart, aujourd'hui à l'abandon, menaçaient ruine. Le boulanger avait fermé boutique quelques mois auparavant faute de clientèle et ne restaient, pour approvisionner les trois cents âmes qui s'entêtaient à vivre dans ce lieu isolé, que le bistrot-restaurant-épicirerie. Etant donné la faible affluence, le gargotier n'avait pas de mal à servir tour à tour les clients de l'un ou l'autre de ces commerces.

Outre le facteur qui montait au village quand il y avait du courrier à distribuer, un boulanger passait deux fois par semaine, de même qu'un boucher-charcutier qui, de temps en temps vendait aussi du fromage et du poisson.

Les mardis et vendredis étaient jours d'animation pour les villageois qui entendaient longtemps à l'avance l'arrivée de leurs commerçants, tant ils claironnaient à faire exploser leur kla- xon pour avertir la population qu'elle devait les attendre sur la place de l'église. Tout le village se retrouvait ces jours là comme pour un jour de marché ; on en profitait pour alimenter les cancans et autres nouvelles qui se colportaient ainsi de foyer en foyer et de village en village. Les provisions faites, on s'attardait encore un peu en discussions et chacun rentrait chez soi, laissant la place déserte et désespérément triste.

Les seuls bruits qu'on pouvait y entendre, outre la scie électrique du menuisier et le tracteur pétaradant de quelque agriculteur, étaient les cris et les chants des enfants qui fréquentaient encore l'école où un instituteur essayait d'instruire ces têtes de linottes, comme il se plaisait à les nommer affectueusement, de la petite clas- se au certificat d'études. Le jeudi matin, pas un ne manquait au catéchisme et l'après-midi, le curé organisait, dans la cour du presbytère, des parties de balle au prisonnier ou de course au mouchoir. Ces petits diables animaient un peu le village, lui apportaient la vie qui lui manquait, même si ça ne plaisait pas à tout le monde, tous ces gouillats qui ne savaient rien faire sans gueuler. De leur fenêtre, les jumelles avaient vue sur la place de l'église. Les après-midi d'hiver, elles se tenaient là avec un tricot ou un raccommodage à observer les rares allées et venues et à les commenter.

Tout allait au ralenti dans ce coin perdu de France, jusqu'au jour où, allez savoir pourquoi, le maire se mit en tête de faire goudronner la place et de faire installer un feu tricolore juste devant la maison des jumelles. À quoi cela allait-il bien pouvoir servir, cet engin, puisqu'il ne passait pas par là plus de dix véhicules par jour ? Mais, leur avait-on répondu, ça éviterait les accidents et ça permettrait aux gens de traverser quand ce serait leur tour au lieu de se jeter imprudemment, comme ça, au milieu de la route, au risque de se faire renverser ! Après bien des rouspétances, les deux sœurs avaient finalement trouvé des avantages à cette installation qui les distrayait de la monotonie de leur train-train.

De leur poste d'observation, elles avaient tout loisir de guetter qui se déplaçait en voiture ou en vélo, ou encore en mobylette, et, lorsque le feu était rouge, obligeant les véhicules à s'arrêter pile devant leur porte, elles pouvaient même savoir si le passager était seul ou accompagné. De quoi alimenter leurs conversations et apporter de l'eau au moulin des commères qu'elles ne manquaient pas de renseigner les jours des commerçants.

Tous les dimanches, Clotilde et Mathilde allaient au cimetière après la messe, équipées comme pour un grand nettoyage. Rien ne manquait : balai, pelle, racloir, sceau et savon pour faire le ménage et entretenir la tombe de granit où reposaient leurs parents. Elles y passaient une bonne partie de l'après-midi, grattant, effeuillant, fleurissant et arrangeant les pots de fleurs et les plaques, les briquant à les user. C'était ainsi depuis plus de quinze ans, date à laquelle leur mère les avait laissées pour un monde meilleur. Pas un seul dimanche ne les avait vues manquer à ce devoir, même lorsqu'il gelait à pierre fendre ou qu'il neigeait.

L'enlèvement

Ce vingt et un décembre 1955 était un dimanche.

Anniversaire ou pas, après le repas, les jumelles s'étaient rendues au cimetière. Elles s'étaient affairées sans dire un mot, attentives à ne laisser, sur la tombe, la moindre brindille qui pourrait gâcher le bon ordre des lieux ou qui pourrait amener à penser qu'elles avaient négligé leur devoir envers leurs parents. Sur le coup des seize heures, un petit crachin frisquet s'était mis à tomber. Le ciel, noirci par de gros nuages bas, avait amené la nuit trop tôt. Transies, elles se pressèrent de rentrer au bercail avec l'intention de se réfugier au coin du feu avec un bon bol de café bien chaud qui allait les revigorer. Elles firent le trajet de retour en devisant, sans rien remarquer d'inhabituel qui aurait pu les inquiéter et c'est en toute quiétude qu'elles s'apprêtaient à rentrer chez elles.

Elles ne firent pas attention à cette voiture arrêtée devant le feu tricolore. Pendant que Clotilde, comme à son habitude, musardait le nez au vent, Mathilde ouvrit la porte mais, au moment où elle allait apostropher sa sœur pour qu'elle se dépêche à entrer, elle sentit deux bras l'entourer et la retenir fermement.

« Arrête, Clotilde ! S'exclama-t-elle. Ce n'est pas le moment de faire ta folle !
—Du calme! Lui répondit une voix masculine qu'elle ne reconnut pas. Allez, ma p'tite dame, pas d'histoire, entrez ! Là, doucement. Et vous, là, qu'est-ce que vous attendez ? Allez, ouste ! Tout le monde à l'intérieur ! »

Clotilde, ne comprenant pas ce qui se passait, entra à son tour et ferma la porte. L'homme relâcha Mathilde et, les menaçant en pointant la poche de sa veste dans laquelle il semblait cacher une arme, il ordonna aux jumelles de s'asseoir, de ne pas dire un mot, de ne pas faire un geste. Il fit le tour de la maison pour s'assurer que personne d'autre n'occupait les lieux, revint dans la cuisine et s'assit à la table en demandant à Clotilde de lui servir du café qui était resté au chaud dans la cafetière posée contre l'âtre où brûlaient encore des braises. Sans dire un mot, l'homme avala le contenu du verre qui lui avait été servi, s'essuya la bouche d'un revers de manche. Croisant les bras sur la table, le menton appuyé sur ses avant-bras, il observa les deux sœurs pendant un long moment. Mathilde et Clotilde le regardaient elles aussi, s'interrogeaient du regard sans oser faire le moindre mouvement. Rompant le silence, l'homme releva la tête et demanda à brûle pourpoint :

« Vous êtes sœurs ?
—Nous sommes jumelles. Répondit Mathilde.

L'homme hocha la tête et reprit son observation. Il semblait perdu dans ses réflexions. Les jumelles ne savaient quelle attitude adopter, tremblantes autant de peur que de colère devant le culot de cet individu dont elles ne comprenaient pas les intentions.

« Il va nous tuer ? » Se demandait Mathilde.

Assises en face de lui, elles ne voyaient pas d'issue à cette situation inattendue. Jamais, de leur vie, elles n'avaient été confrontées à une telle angoisse. Impossible d'échapper à la menace de l'arme toujours pointée dans leur direction. L'une aurait pu, à la rigueur, tenter de courir vers la porte, mais l'homme l'aurait abattue froidement ou tué celle qui serait restée assise. Elles se regardèrent et comprirent les pensées de chacune. Elles ne bougèrent pas.

L'homme semblait avoir deviné leur raisonnement.

« N'y pensez pas ! S'écria-t-il. La première qui bouge verra sa sœur morte par sa faute ! »

D'un mouvement du menton, il leur fit signe de se lever.

« Mettez des frusques dans une valise, leur ordonna-t-il. Je vous emmène en promenade.
—Mais ? S'étonna Mathilde.
—Pas de mais. Exécution ! Hurla l'homme. Allez, et qu'ça saute ! »

Ce fut Clotilde qui réagit la première. Prenant sa sœur par la main, elle l'entraîna dans la chambre et en claqua la porte. Un doigt sur la bouche, elle fit signe à Mathilde d'ouvrir la fenêtre. Avant qu'elle n'ait pu saisir la crémone, l'homme, d'un coup d'épaule, avait ouvert la porte. Bousculant Clotilde, il se précipita dans la pièce, empoigna Mathilde et l'envoya valdinguer sur le lit où il la bloqua, une jambe sur le ventre.

« Toi, si tu bouges, dit-il à Clotilde je tue ta sœur. Compris ? Maintenant, ouvre cette armoire et sors vos fringues! »

Relâchant son emprise, il libéra Mathilde, se campa au milieu de la pièce, jambes écartées, une main dans sa poche, pointant son arme sur les deux sœurs. Mathilde tremblait de tous ses membres, paralysée. Pour gagner du temps, Clotilde prétexta qu'elles ne pouvaient pas le suivre habillées comme elles étaient, en tous les jours, qu'il fallait qu'elles se changent. Elle pria l'homme de se retourner ; lorsqu'il eut fait un demi-tour sur lui-même, bloquant la porte, elle comprit qu'elles n'avaient pas d'autre choix, pour l'instant, que de lui obéir. Elle aida sa sœur à se déshabiller, lui fit enfiler une robe et un manteau et se vêtit à son tour. Lorsqu'elles furent prêtes, l'homme les observa, fit une grimace suivie d'un fou-rire.

« Bon Dieu de bois ! S'exclama-t-il. Ha ! Vous m'en faites, deux élégantes !

Non mais, regardez moi ça ! Je suis tombé sur deux vamps, ça, c'est sûr ! En tout cas, si je vous tue pas, je vous violerai pas ! Vous êtes moches, mal attifées, j'ai jamais rien vu de pareil ! On peut pas dire que vous suivez la dernière mode ! De quand ça date, vos robes ? Au moins, je suis sûr que personne ne vous regrettera. Allez, en route !

—Heu... Hasarda Clotilde.

—Quoi encore ? Fit l'homme.

—Nous avons des bêtes. Nous ne pouvons pas les laisser. Il faudrait que quelqu'un s'en occupe.

—Et alors ? Qu'est-ce que ça peut bien me foutre, à moi, vos bestioles ?

—Alors, vous n'avez qu'à nous tuer tout de suite, et nos bêtes avec ! Se rebiffa Clotilde.

—Bon, bon, d'accord. Qui vient d'habitude, quand vous partez ?

—Jamais nous ne sommes parties, répondit Clotilde. Je ne sais pas. Je pourrais aller demander au père Antoine, qui habite un peu plus loin...

—C'est ça ! Répliqua l'homme. Et tu pourrais aussi aller demander aux gendarmes, hein ? Tu me prends pour un con ? Pas question. Allez, ouste, on y va !

—Attendez ! Insista Clotilde. Il y a bien le Michel, le facteur. Il a travaillé pour notre père, autrefois. Il connaît les habitudes de la maison. Je pourrais lui laisser un mot sur la porte...

—Bonne idée ! Approuva l'homme Comme ça, personne ne pensera à vous rechercher avant que j'aie décidé quoi faire de vous deux !

Clotilde déchira une feuille du cahier de compte où elle consignait, après chaque dépense, la date, la nature de l'achat et la somme dépensée. Avec un crayon, elle s'appliqua à tracer ces quelques lignes :

« Michel. Mathilde et moi, nous allons partir pour quelques jours. Voudrais-tu t'occuper de nos bêtes ? Je te laisse la clef sous la grosse pierre près du puits. Merci. Clotilde ».

L'homme relut le mot pour s'assurer qu'aucun appel au secours n'y avait été consigné et remit le papier à Clotilde.

Bien entendu, le facteur fit lire ce mot à tous les clients du bistrot et la nouvelle fit le tour du village. On se demanda comment, où et pourquoi les jumelles étaient parties. On fit des suppositions, on ne trouva aucune explication. Mais, après tout, elles étaient assez grandes pour faire ce qu'elles voulaient. On ne s'inquiéta donc pas, le temps passa et même si, de temps en temps, quelqu'un ou quelqu'une soulevait une interrogation à leur sujet, on finit presque par les oublier.

Pendant ce temps, Mathilde avait jeté à la hâte quelques vêtements de rechange dans la vieille valise en carton mâché que son père avait rangée sur le haut de l'armoire et qui n'avait plus servi depuis son retour de la guerre. Ne sachant pas où elles seraient emmenées et pour combien de temps, elle prit au hasard tout ce qui lui tombait sous la main mais, la valise menaçant d'exploser, elle dut la vider et faire un choix des choses qui lui semblaient les plus indispensables. Comme elle prenait son temps, reculant le plus possible le moment du départ dans l'espoir insensé qu'il se produirait un événement qui renverserait la situation, l'homme s'impatienta. Il saisit brusquement la valise, la ferma et entraina Mathilde par un bras jusqu'à la voiture, la jeta littéralement sur la banquette arrière en même temps que la valise.

Clotilde fixa le mot sur un volet à l'aide d'une punaise, fit mine de fermer la porte de la maison, la rouvrit, la fit claquer, fit à nouveau jouer la clé dans la serrure, espérant encore que quelqu'un passerait par là et s'étonnerait de voir ces deux femmes d'habitude si seules en compagnie de cet inconnu. L'homme revint vers elle en scrutant les environs pour s'assurer que personne, dans les parages, ne pouvait les observer. Il la bouscula, lui prit la clé des mains, ferma lui-même la porte, rabattit le volet et lui enjoignit d'aller déposer la clé où elle devait être. Il la suivit, revint derrière elle jusqu'à la voiture et lui ordonna de s'installer sur le siège passager. Pendant qu'il activait la manivelle pour faire démarrer la voiture, Clotilde descendit et se mit à courir pour aller chercher de l'aide, mais l'homme fut plus rapide qu'elle. Il la rattrapa au moment où elle allait traverser la rue, la ceintura et la ramena sans ménagement au véhicule, la força à reprendre sa place et claqua la portière en disant :

« Attention, la prochaine fois, j'abats celle qui voudra recommencer à me faire courir ! »

La voiture quitta le village sans que personne ne se soit aperçu du drame que vivaient les jumelles Michon.

Ils roulèrent dans la nuit, en silence. Mathilde reniflait doucement, ravalant les larmes qui lui envahissaient les joues, au bord du malaise. Clotilde, raide sur son siège, le regard perdu dans le vide, ne faisait pas un mouvement.

Apparemment, l'homme savait où il allait. Il conduisait calmement, sûr de lui. De temps en temps, il jetait un coup d'œil dans le rétroviseur, prenait à gauche, à droite, s'engageait dans un chemin, revenait sur une route, changeait à nouveau de direction. Son parcours semblait être inscrit dans sa mémoire et rien ne pouvait donner à penser qu'il allait au hasard. La nuit était maintenant bien avancée. Mathilde avait fini de renifler. Emmitouflée dans la couverture qui couvrait la banquette, elle s'était recroquevillée sur elle-même et semblait somnoler. Clotilde luttait contre le sommeil, inquiète de savoir le sort que l'homme leur réservait. Elle qui n'avait jamais dépassé les limites de son village était perdue dans cette nuit sans lune, roulant à travers la campagne sous une averse de gros flocons de neige qui venaient s'écraser contre le pare-brise en un incessant et vertigineux tourbillon. La voiture fendait le rideau mouvant qui l'enveloppait sans jamais arriver à le déchirer. Elle avançait à l'aveuglette, tel un écueil perdu au milieu de rien dans cet espace noir strié de filaments cotonneux. Clotilde avait la sensation de tomber dans un trou sans fond, comme dans un de ces cauchemars qui l'éveillaient parfois en sursaut.

Elle s'enfonça un peu plus dans son siège en serrant contre elle les pans de son manteau, le nez enfoui dans son écharpe de laine et ferma les yeux. Il faisait froid, elle avait les pieds et les mains glacés, la faim lui tiraillait les entrailles, une envie de faire pipi lui brûlait la vessie, mais elle n'avait pas le courage de protester, de demander à leur ravisseur de s'arrêter un instant pour lui permettre de se soulager.

Dans la lumière des phares qui avait du mal à percer l'obscurité, la route ressemblait à un tapis blanc constellé d'éclats de diamants. Le gel faisait crisser le sol et le rendait glissant. L'homme freina brusquement, la voiture fit une embardée sur l'asphalte, dérapa et faillit tomber dans le fossé. Poussant un juron, il redressa tant bien que mal la direction et repartit en zigzaguant, maugréant contre ce foutu temps. Un animal, surgissant des fourrés, avait sauté sur la route et avait décampé ventre à terre. Il s'en était fallu de peu qu'il le tamponne. Clotilde s'était agrippée de toutes ses forces à la poignée de la portière mais n'avait pas pu éviter le choc de sa tête contre le pare-brise. À demi assommée, elle fut prise d'une nausée et se mit à hoqueter, prête à vomir. Sous le choc, Mathilde eut un sursaut de panique, elle se mit à crier et à trépigner. L'homme arrêta le véhicule. Les regardant avec mépris, il se mit à hurler :

« La ferme, les donzelles !
—S'il vous plaît, supplia Clotilde entre deux haut-le-cœur, laissez-moi sortir. Je vais vomir et il faut que je fasse pipi.
—Bah ! Fit l'homme en tapant des deux mains sur son volant. Les femmes faut toujours qu' ça gueule ou qu' ça demande quelque chose ! Bon allez, va pisser. Mais dépêche toi, j'ai autre chose à foutre que de t'attendre. Si dans trois minutes t'as pas fini, je te laisse là ! »

Clotilde s'extirpa du véhicule. Comme Mathilde faisait mine de la suivre, l'homme lui intima :

« Non, pas toi. Tu iras quand ta sœur sera de retour. Tu crois quand même pas que je vais prendre le risque de vous laisser filer pour aller me dénoncer aux flics ? »

Le vent prit Clotilde de plein fouet. Les pieds enfoncés dans la neige, elle enjamba le fossé pour s'accroupir loin du regard de l'homme. Elle grelottait et eut du mal à retrousser ses jupes et à descendre sa culotte. Calée contre le talus, elle se soulagea, frigorifiée, mais sa nausée s'était calmée. Tant bien que mal, elle se rajusta et, après avoir scruté les environs avec l'idée de prendre ses jambes à son cou pour s'échapper, elle renonça à ce projet : elle ne pouvait pas laisser sa sœur seule aux mains de cet individu. La rage au cœur, trempée et tremblante, elle remonta dans la voiture. Alors que Mathilde était à son tour descendue, l'homme se tourna vers Clotilde et, la regardant d'un drôle d'air, il lui glissa :

« On dirait pas qu'vous êtes jumelles. Tu es bien mieux qu'ta sœur. »

Ce disant, il avait posé sa main droite sur le genou de Clotilde et le caressait en remontant doucement vers sa cuisse. Surprise et gênée, elle repoussa cette main inquisitrice et, tournant ostensiblement la tête du côté opposé, elle rabattit ses jupes. Elle était incapable d'analyser le trouble qui venait de la saisir, mêlé de crainte et d'une autre sensation bizarre, inconnue jusqu'à ce jour. Mathilde lui évita un nouvel assaut en déboulant dans la voiture, transie de froid. Sans un mot, l'homme redémarra.

Un jour gris et sale commençait à poindre lorsqu'ils arrivèrent en vue d'une ville aux toits blanchis de neige et aux rues boueuses et glissantes. L'homme gara la voiture devant un bistrot et invita ses passagères à le précéder, la main dans la poche de sa veste, pointant son arme :

« On va manger et boire un café. Pas d'blague, hein. Si vous dites quelque chose ou si vous faites un geste, je vous abats. J'ai plus rien à perdre, moi. »

La chaleur de la salle les surprit agréablement et les revigora. Installés sur une banquette dans le fond le plus reculé de la pièce, l'homme commanda du café et quelque chose à manger. La serveuse s'exécuta en trainassant. Sans dire un mot, elle déposa devant eux une cafetière fumante, une assiette de charcuteries et du pain. Mathilde grignota du bout des dents, trop tendue pour avoir faim, mais Clotilde, affamée, dévora et avala deux bols de café. L'homme fit de même. Repu, il se leva pour aller aux toilettes. Leur brandissant sous le nez son arme au travers de sa poche, il leur fit signe de rester tranquille.

Lorsqu'il eut disparu, Mathilde se leva. Attrapant sa sœur par la main, elle lui dit en chuchotant :

« Profitons-en. Allez, viens, partons. Allez ! Vite ! Dépêchons nous avant qu'il revienne !

—Tu es folle, répliqua Clotilde. Il nous retrouvera. Et pour aller où ? Tu sais où on est, toi ?

—On va demander. Et puis après, on ira... »

Elle n'eut pas le temps d'en dire plus, l'homme revenait. Saisissant Mathilde fermement par le bras, il la força à se rasseoir.

« Où tu comptais aller, comme ça ? Chuchota-t-il avec un sourire inquiétant. Chez les gendarmes ? Allez, on repart ! »

Il appela la serveuse, une grosse fille nonchalante qui prit son temps pour répondre. Impatient, l'homme la rappela d'un claquement de doigts. Elle s'approcha en traînant les pieds, l'air renfrogné, comme si ces uniques clients de passage la dérangeaient. L'homme lui demanda de préparer la même chose que ce qu'elle leur avait servi et de mettre ces victuailles dans un sac avec une bouteille de vin. Comme sa commande tardait à venir, il s'approcha du comptoir et houspilla la serveuse pour qu'elle se presse. Sans répondre, la fille lui jeta un regard de mépris et lui tendit un sachet contenant ce qu'il avait demandé. Sortant une liasse de billets de banque de sa poche intérieure, il paya l'addition, rangea soigneusement son argent, se leva, fit passer les jumelles devant lui pour se diriger vers la sortie. Ils sortirent du bistrot sans dire au-revoir. La serveuse les regarda passer devant elle, soulagée de les voir partir.

L'homme ouvrit précipitamment le véhicule et poussa les jumelles à l'intérieur ; Il claqua les deux portières d'un même geste, jeta le sac de provisions sur la banquette arrière et vint s'installer au volant. Ils traversèrent la ville où ils ne croisèrent guère plus qu'un laitier qui roulait au pas, s'arrêtant tous les vingt mètres pour déposer ses bouteilles sur le pas des portes. L'homme s'énerva de ne pouvoir le dépasser dans ces rues étroites.

Mathilde essuyait la vitre contre laquelle elle collait son nez, emplie d'une buée persistante qui l'empêchait de voir l'extérieur. Elle espérait naïvement, croisant quelqu'un à cette faible allure, pouvoir, d'un signe, alerter un passant qui comprendrait son appel au secours et irait avertir les gendarmes. Hélas, pas âme qui vive ne passa par là.

La voiture traversa un faubourg désert et reprit la route au travers d'une campagne hivernale balayée de bourrasques de vent et de neige.

Le paysage devint peu à peu plus escarpé, des montagnes se profilaient à l'horizon. Les jumelles auraient eu bien du mal à situer la région qu'elles traversaient et l'inquiétude montait à chaque kilomètre avalé. Elles n'avaient même pas le cœur d'admirer ces endroits inconnus, elles qui n'avaient jamais voyagé.

L'homme se tenait raide à son volant, silencieux, attentif à ne pas faire déraper le véhicule sur cette route enneigée et glissante. De temps en temps, il jetait un coup d'œil dans le rétroviseur, autant pour s'assurer qu'il n'était pas suivi que pour surveiller Mathilde qui aurait pu, si elle en avait eu l'audace, le maîtriser pendant qu'il conduisait, Clotilde en profitant pour saisir le pistolet dans la poche et prendre la situation en main. Mais ni l'une ni l'autre n'eut l'idée ou le courage d'essayer.

Ils roulèrent encore quelques heures, mangèrent sans descendre du véhicule et repartirent.

Il faisait très froid dans cette voiture dépourvue d'un chauffage efficace. La condensation envahissant le pare-brise, une vitre devait rester ouverte en permanence pour permettre au conducteur de distinguer la route. Un vent glacial s'y engouffrait, dont la froidure était aggravée par la vitesse et l'inactivité des passagers. L'homme s'était emmitouflé dans la couverture que Mathilde avait utilisée jusqu'alors. Il devait parfois lâcher le volant pour souffler sur ses doigts engourdis. Repliée en chien de fusil sur la banquette arrière, Mathilde ne bougeait plus. Clotilde s'était recroquevillée sur son siège, les bras croisés, les mains sous les aisselles pour leur chercher un peu de chaleur, la tête penchée dans son col. Des larmes d'impuissance, de rage autant que de peur coulaient sur ses joues glacées. Rien, pensait-elle, ne pourrait les sauver des griffes de cet individu sans doute fou à lier.

Un silence d'outre-tombe régnait dans le véhicule qui roulait sur le sol glacé avec des crissements de verre pilé. Le moteur pétaradait en émettant de temps à autre des hoquets et des soubresauts leur faisant espérer une panne prochaine. Elles priaient pour que la voiture refuse tout à coup d'avancer, les obligeant à continuer à pied. Elles auraient pu, alors, échapper à la surveillance de leur ravisseur, ou l'assommer après l'avoir jeté à terre. A deux, elles auraient peut-être pu... Elles se faisaient tout un scénario, imaginant l'arrivée des gendarmes qui auraient passé les menottes à l'homme et les auraient sauvées...

La nuit tombait lorsqu'ils arrivèrent à la croisée de deux routes. L'homme hésita un instant, arrêta le véhicule, sortit une lampe torche et une carte de la boîte à gants, la consulta et se décida à virer sur sa droite. Quelques kilomètres plus loin, il fit de même, repartit en rasant le bas côté de la route au ralenti, semblant chercher quelque chose. A la vue d'une borne, il tourna à droite et emprunta un chemin de terre serpentant entre des rangées d'arbres aux branches tellement alourdies par la neige qu'elles menaçaient de se rompre à tout instant. La forêt était dense, touffue, de chaque côté du chemin et on n'y voyait goutte ; les phares de la voiture donnaient des signes de faiblesse.

La séquestration

C'est dans un noir d'encre qu'ils arrivèrent à destination.

L'homme stoppa le véhicule et ordonna aux jumelles de descendre et de le suivre. Dans la pénombre, elles purent distinguer, au milieu d'une clairière, la silhouette d'une bâtisse surélevée par un perron de pierre. L'homme franchit les quelques marches, chercha à tâtons la clé sous l'avant-toit et ouvrit la porte grinçante après avoir chauffé la serrure rébarbative à l'aide de son briquet. Les invitant à entrer d'un balayement de bras, il leur dit ironiquement :

« Bienvenue dans mon palais, belles princesses ! »

Il entra à son tour et alluma une lampe à pétrole qui pendait à un clou.

La masure était encore plus glaciale que la voiture. Un frisson parcourut l'échine des deux sœurs, les cloua sur place, dans un vestibule qui sentait le moisi et la crasse. Les poussant dans une pièce, l'homme les fit asseoir sur un vieux sofa où elles prirent place sur le bout des fesses, trop apeurées et frigorifiées pour apprécier l'éventuel confort du siège.

L'homme arrangea des bûches dans la cheminée et alluma un feu qui se mit immédiatement à crépiter, éclairant la pièce et la réchauffant, lui donnant un aspect moins rébarbatif.

« Bon ! Fit-il. Je suis sûr que les flics viendront pas me chercher ici. Du moins, pas avant longtemps. Alors, Mesdames, vous êtes mes invitées. Bien sûr, n'allez pas croire que vous êtes libres. Mais tant que vous resterez dans la maison, que vous chercherez pas à vous enfuir et que vous ferez exactement ce que je vous demanderai, tout ira bien pour vous. Si non : pan, pan ! » Finit-il en exhibant la poche de sa veste sous laquelle pointait le révolver.
« Ha, j'oubliais ! Reprit-il : nous sommes à plus de cinquante kilomètres de toute habitation. Perdus au milieu d'une forêt où personne ne vient ja-

mais…Et il n'y a ni téléphone, ni électricité ! Compris ? »

Les jumelles le regardaient, éperdues. Mathilde eut un mouvement d'impatience. Puérilement, bravant sa peur, elle fit un pas dans sa direction, pointant un doigt vengeur.

« Pourquoi, lui demanda-t-elle en serrant les dents, nous avez-vous enlevées ? Pourquoi nous ? Nous ne possédons rien. Nous ne sommes que deux pauvres filles de la campagne. C'est de la folie !
—Et que comptez-vous faire de nous ? Pendant combien de temps allez-vous nous garder ici ? » Enchaina Clotilde.

L'homme prit son temps pour répondre. Il s'absenta de la pièce un instant et revint avec trois verres et une bouteille de vin. Il déboucha le flacon, emplit les trois verres, en tendit un à chacune, s'assit en face d'elles à califourchon sur une chaise, but une gorgée, fit claquer sa langue dans sa bouche, vida son verre et s'en resservit un autre. Après quoi, il remit une buche dans l'âtre, se rassit et, observant ses prisonnières en plissant les yeux, il finit par lâcher :

« Je suis arrivé dans votre village vendredi après-midi. J'étais en cavale depuis trois jours, les flics aux trousses. J'étais trop fatigué pour continuer, alors, j'ai repéré une vieille bicoque abandonnée, près de chez vous. La porte était ouverte, j'ai planqué ma bagnole dans la grange et je me suis réfugié dans la maison où, d'une fenêtre, j'avais une vue imprenable sur la rue. Je vous ai observées pendant que vous étiez dans votre jardin, j'ai vu vos allées et venues et j'ai remarqué que vous étiez seules, que personne ne vous rendait visite. Ce matin, je vous ai vues partir, puis revenir, puis repartir avec tout un attirail. Je me suis dit qu'il vaudrait peut-être mieux que je sois accompagné si les flics avaient l'idée de me chercher dans votre coin. J'ai pensé qu'ils se méfieraient pas d'un couple accompagné de la belle-mère. »

A ces mots, Mathilde sursauta, outrée de l'outrecuidance de cet individu décidément grossier. L'homme n'accorda aucune attention à sa réaction et enchaina :

« Je me suis dit que, comme votre maison était assez isolée et que personne ne passait par là la nuit, j'avais une chance de vous forcer à me suivre sans être dérangé. Vous êtes passées devant ma planque, alors, j'ai guetté votre retour. Dès que je vous ai vues arriver au bout de la rue, j'ai pris ma voiture, je l'ai arrêtée devant votre porte, comme si j'attendais que le feu passe au vert. La suite, vous la connaissez.

—Et maintenant, hein ? Qu'est-ce qui va se passer ? Questionna Mathilde avec colère.

—Maintenant, répondit l'homme, vous allez aller dans la cuisine où vous trouverez de quoi préparer un repas. Ensuite, nous nous installerons pour la nuit et demain, nous irons poser des collets dans la forêt, nous prendrons quelques lapins et nous couperons du bois pour la cheminée.

—Mais vous nous prenez pour vos domestiques ! C'est pour ça, que vous nous avez amenées là ? Pour qu'on vous serve ? Vous aviez besoin de boniches ! Quel culot ! Et combien de temps cela va-t-il durer ? Demanda Clotilde, révoltée.

—Le temps qu'il faudra pour qu'on m'oublie. L'idée de me faire servir ne m'était pas venue à l'idée, mais, après tout, je trouve ça plutôt agréable et, si vous êtes bien gentilles, je vous ramènerai peut-être chez vous dès que tout danger sera écarté pour moi. Répliqua-t-il, railleur.

—On peut savoir pourquoi la police vous recherche ? Demanda encore Mathilde, outrée et rouge de colère.

—Ça, mes p'tites dames, c'est pas votre affaire. Répliqua l'homme en se levant. Pas de questions. Compris ? Allez, debout. Je vais vous faire visiter votre nouvelle villégiature. » Enchaina-t-il en se levant et en tendant une deuxième lampe à pétrole à Mathilde.

La visite fut rapidement faite ; la masure ne comptait que deux pièces et une cuisine desservies par un couloir au fond duquel une porte resta close, l'homme ayant averti que là, personne n'entrait. L'endroit n'avait pas été entretenu depuis longtemps. La poussière, les araignées et les insectes, aidés par quelques mulots, y avaient fait leurs nids. Ça sentait le rance, la crasse, le pipi de souris, le renfermé et l'humidité. La cuisine, vaste, n'était équipée que d'une bassine et d'un broc posés sur une table, servant d'évier. Un vieux réchaud à bois dormait dans un coin, un buffet brinquebalant trônait au milieu d'un mur et une table rectangulaire, accompagnée de bancs bancals occupaient le centre de la pièce. Les murs étaient noircis de fumée et de moisissures. La chambre n'avait rien à lui envier : un lit en fer sur lequel étaient jetés un matelas enveloppé dans un drap gris de saleté et des couvertures poussiéreuses, une table de nuit, une chaise dépaillée et une armoire dont le miroir piqué ne reflétait plus que des images à la manière d'un puzzle en composaient le mobilier. Dans un coin, un pot de chambre servait de WC. Le sol de planches disjointes et poisseuses laissait passer un courant d'air qui vous glaçait les pieds, les murs étaient à l'image de ceux de la cuisine. La pièce la plus acceptable était celle dans laquelle l'homme les avait faites entrer dès leur arrivée. Une grande cheminée occupait les deux tiers d'un mur. A ses côtés, des buches étaient empilées jusque sous la fenêtre close et obstruée par un volet de bois, un lit occupait l'angle opposé. Une grande armoire qui n'avait pas vu la cire depuis des lustres faisait face à la cheminée. Entre les deux, une table entourée de quatre chaises occupaient l'espace, voisinant avec un vieux sofa au tissu délavé. Les murs de pierre brute verdissaient par endroits de lichens dus à l'humidité ambiante, se partageant la place avec les toiles d'araignées et la poussière. Une lampe nue pendouillait du plafond au bout d'un fil autour duquel était accrochée une guirlande dégoutante de ruban gluant sur lequel des mouches, mortes depuis longtemps, restaient collées.

L'endroit était sinistre, les jumelles étaient désespérées de se trouver prisonnières dans un tel cloaque. L'homme, quant à lui, ne semblait pas gêné par l'incongruité de la situation. De retour dans la salle réchauffée par le feu qui crépitait dans la cheminée, détendu, il s'installa sur le sofa et invita les jumelles à se mettre à l'aise. Il se servit un nouveau verre de vin, leur en proposa et, comme elles refusaient, il les invita à se rendre dans la cuisine pour faire l'inventaire des conserves qui devaient rester dans le placard et préparer un repas. L'heure avançait, il était fatigué et avait envie d'aller se coucher. Consentant un dernier effort, il prit une poignée de bois sec et s'en alla allumer le réchaud de la cuisine.

Munies d'une lampe à pétrole et de quelques bougies, Mathilde et Clotilde, forcées et contraintes, s'affairèrent du mieux qu'elles purent sous la surveillance de l'homme qui avait pris place sur un banc, à l'affut de tous leurs gestes. Elles trouvèrent une boite de corned beef et réchauffèrent des lentilles à même la boite. Le manque d'eau ne leur permit pas de laver les assiettes et les couverts douteux qu'elles trouvèrent dans le placard. Elles durent se contenter de les essuyer avec un torchon que l'homme prit dans l'armoire de la salle, garnie de piles de linges bien rangées et propres bien que marquées de plis jaunâtres témoins du temps écoulé depuis qu'elles n'avaient pas été utilisées.

Le repas se passa dans un silence lourd et angoissant que seuls les crépitements du feu et les bourrasques de vent, qui s'engouffrait dans les interstices du toit et dans le conduit de la cheminée, venaient rompre.

Les deux sœurs n'osaient plus questionner leur ravisseur. Elles grignotaient sans appétit, glacées de peur. L'homme ne levait pas le nez de son assiette, accompagnant chaque bouchée de claquements de mandibules, se resservant et avalant goulument jusqu'à la dernière miette de leur frugal repas. Lorsqu'il n'y eut plus rien à boire ni à manger sur la table, il s'essuya la bouche d'un revers de manche, replia son couteau qu'il rangea soigneusement dans une poche de son pantalon, se leva, prit des draps dans l'armoire qu'il tendit aux jumelles en leur ordonnant de faire le lit au fond de la pièce. Il alla chercher des couvertures dans la chambre voisine et leur dit de se coucher.

Elles s'exécutèrent sans un mot, s'allongèrent tout habillées dans le lit froid et humide. Il tira alors le long du lit la table sur laquelle il empila les quatre chaises et installa le sofa à la suite, de manière à les emprisonner comme dans une cage. Il arrangea le feu, remit une buche dans le foyer, se coucha sur le sofa sans quitter ses vêtements, la main sur la poche de sa veste.

« Attention, leur dit-il : je ne dors que d'un œil. La première qui bouge, je l'abats ! Vous devriez passer sur moi pour sortir et de toute façon, la porte est fermée à clé, la clé dans ma poche, à côté de mon ami révolver. Donc, pas de bêtise, hein ! »

Mathilde ne put fermer l'œil. Elle regardait le plafond, suivait les ombres dansantes des flammes, écoutait les hululements du vent qui lui glaçaient l'échine. Elle était frigorifiée. Elle se cala contre sa sœur en espérant pouvoir récupérer un peu de sa chaleur, mais rien n'y fit, elle tremblait convulsivement et claquait des dents. Des pensées d'évasion et de vengeance germaient dans son esprit. Elle était agacée par le calme de sa sœur qui, roulée en boule, tournée vers le mur, semblait dormir paisiblement. Impossible de bouger de ce lit où elles étaient prisonnières sans enjamber tout le fatras d'objets et passer sur leur ravisseur si elles voulaient seulement aller faire pipi.

Trois jours s'écoulèrent pendant lesquels la cohabitation devint de plus en plus pénible. L'homme ne desserrait les dents que pour donner des ordres et refusait obstinément de répondre à aucune de leurs questions.

Il avait fallu s'organiser pour vivre à peu près décemment dans cette masure sans confort, faire un peu de ménage pour un minimum d'hygiène, se plier aux exigences de l'homme qui ne leur consentait aucune intimité, même pour aller faire leurs besoins dans le pot de chambre où il les suivait, se tenant derrière la porte, guettant leur moindre mouvement.

Le froid s'était accentué. La forêt était devenue inaccessible sous des monceaux de neige immaculée ; inquiétante, profonde, elle ne leur laissait aucun espoir de fuite. Le toit de la maison débordait en stalactites acérées comme des poignards. Chaque jour, il fallait dégager le perron à coups de pelles, se frayer un chemin jusqu'à la lisière de la forêt, les pieds enfoncés jusqu'aux chevilles dans la neige pour ramasser du bois mort et trempé, couper des buches, poser des collets. Pendant qu'elles effectuaient ces tâches, l'homme, attentif à toute tentative de fuite, faisait les cent pas en fumant et gesticulant pour se réchauffer. Elles étaient exténuées, les doigts gourds, les pieds glacés, le nez coulant, les yeux larmoyants de froid et de rage. Lorsqu'il jugeait qu'elles en avaient fait assez, il les faisait rentrer dans la maison, les enfermait et s'en retournait empiler le bois et les prises du jour dans une brouette qu'il ramenait au bas du perron. Cette tâche ne durait pas assez longtemps pour leur permettre de mettre en œuvre une quelconque action de rébellion et, même si elles avaient pensé l'assommer dès son retour avec une bûche, ou lui flanquer un coup de couteau, il était assez retors pour avoir envisagé cette éventualité. Il posait la brouette devant la maison, il ouvrait la porte, les appelait, vérifiait qu'elles n'avaient rien dans les mains, qu'elles ne cachaient aucun instrument sous leur manteau en leur faisant signe d'en écarter les pans ; il se tenait sur le perron, assez loin d'elles pour qu'elles ne puissent pas l'attein- dre et les faisait à nouveau sortir pour ranger le contenu de la brouette, vider et rincer le pot de chambre après avoir tiré plusieurs seaux d'eau du puits gelé.

Ces dernières corvées terminées, il rentrait après elles, refermait la porte à clé derrière lui, débloquait les volets, dévissait les crémones des fenêtres afin qu'il fut impossible de les ouvrir.

Il s'installait alors près de l'âtre, remettait une buche au feu, les invitait à se reposer quelques instants en buvant un verre de vin. Quand il estimait que la pose avait assez duré, il les accompagnait dans la cuisine où il les aidait à dépecer le gibier pris aux pièges, toujours attentif à ce qu'elles ne s'éloignent pas de sa surveillance. Il avait fait l'inventaire des couteaux, n'en laissant qu'un à chacune qu'il confisquait dès que les pièces de viande étaient découpées. Il fallait ensuite cuire le gibier sur le fourneau pour le repas de midi qu'ils prenaient dans la salle, lui assis en face d'elles, ne les quittant pas des yeux, méfiant, surveillant les allées et venues des fourchettes et des couteaux qui auraient pu s'égarer dans sa direction.

Il régnait un silence lourd interrompu par le seul bruit des couverts et des craquements des os qu'il curait et suçait en faisant des grands *slurp*, se léchant les doigts et s'essuyant la bouche d'un revers de manche. Le repas terminé, les jumelles desservaient la table. Elles se rendaient ensuite à la cuisine pour laver et ranger la vaisselle, toujours surveillées par l'homme qui, assis sur un banc, sifflotait entre ses dents en les regardant d'un air goguenard.

Commençait alors un interminable après-midi dans cette pièce mal éclairée par un ciel bas et gris, seulement réchauffée par le feu de bois qu'il fallait alimenter pour garder un semblant de chaleur.

L'homme s'allongeait sur le sofa pour une sieste pendant laquelle il ne s'endormait que d'un œil, se levant au moindre mouvement des deux sœurs, semblant entendre tout ce qu'elles se murmuraient, assises au bord de leur lit, ne laissant rien lui échapper de leurs gestes et de leurs paroles. Désœuvrées, fatiguées, découragées, elles échafaudaient des plans d'évasion impossibles par signes avec des mimiques qu'il observait du coin de l'œil, auxquels il répondait parfois par un éclat de rire narquois.

Mathilde vivait au bord de la crise de nerf, serrait les poings, avait des envies de meurtre. Clotilde, plus fataliste, supportait mieux la situation. Elle espérait amadouer l'homme, lui tirer quelques confidences, l'amener à les libérer. Il s'était instauré, entre eux deux, une sorte de complicité qui agaçait Mathilde au point de la rendre agressive avec sa sœur. Dès qu'elles se trouvaient seules, de verts reproches fusaient auxquels Clotilde ne répondait que par un haussement d'épaule. L'atmosphère était lourde, insupportable, mais l'homme s'en accommodait. Il semblait même s'amuser de la tension qui s'était installée.

Pour tromper l'ennui, il avait sorti du placard un jeu de cartes, les avait étalées sur la table et avait commencé une réussite. Clotilde l'avait regardé un instant, s'était installée en face de lui. Alors qu'il hésitait, elle pointa un doigt pour lui indiquer la carte à déplacer.

« Tu veux jouer ? Lui demanda-t-il.
—Pourquoi pas ? Accepta-t-elle »

Mathilde eut eu un mouvement d'humeur en entendant ça. L'homme surprit son geste mais au lieu de s'en offusquer, il lui proposa :

« Tu peux jouer aussi, si tu veux. Sinon, va faire du café !
—Merci. Je ne suis pas intéressée. Répondit-elle sur un ton de mépris. Du café ? Y'en a plus !
—Très bien. Répondit l'homme. Ne bougez pas d'ici, je reviens. »

Il quitta la salle, entra dans la pièce interdite en refermant la porte derrière lui. Elles auraient pu mettre cette absence à profit pour tenter un coup d'éclat, bloquer la porte de la pièce avec un meuble, le faire prisonnier à son tour, essayer n'importe quoi pour lui fausser compagnie, mais elles étaient si fatiguées, si engourdies, que, même si l'idée ne leur manqua pas, elles n'en n'eurent ni la force ni le temps. A peine quelques instants plus tard, il revint avec un paquet de café et une boîte de biscuits. Elles n'avaient pas bougé.

« Maintenant, tu peux faire du café.» Dit-il à Mathilde.

Pendant que Mathilde se dirigeait vers la cuisine, l'homme retint Clotilde, l'attira contre lui et lui posa un baiser dans le cou. Avant qu'elle n'ait pu réagir, tel un adolescent qui venait de faire un bonne blague, il s'esquiva, se rassit et reprit la partie de cartes. Mathilde arrivait avec la cafetière fumante. Elle n'avait pas pu assister à la scène mais les joues rouges de sa sœur, son air troublé l'alertèrent. Sans rien dire, elle servit le café et, s'appuyant sur la table le récipient dans la main comme pour le lui balancer à la face, elle se pencha tout près du visage de l'homme et lui chuchota entre les dents :

« Si tu touches à ma sœur, si tu fais un geste qui pourrait me donner à penser que tu lui veux du mal, ton pistolet ne servira pas à te protéger ! Je trouverai la force de te le faire payer, même si je dois y laisser la peau. Tu peux me croire ! »

Il la regarda calmement, goguenard. Il se leva, lui prit la cafetière des mains qu''il posa lentement sur la table, se colla à elle nez à nez et lui lança :

« Ce n'est pas du mal, que je veux à ta sœur, crois moi. Bon ! S'écria-t-il en la repoussant. Maintenant, on se calme ! »

Puis il se rassit, but son café, mangea un biscuit et, s'adressant à Clotilde, il dit, d'un air doucereux :

« Alors, ma petite, on la fait, cette partie de carte ? »

Clotilde était partagée entre le trouble qu'elle avait encore une fois ressenti au contact de l'homme et la peur qu'il lui inspirait. En abattant ses cartes, elle le regardait à la dérobée. Elle s'aperçut qu'il ne la quittait pas des yeux, mais elle détourna la tête ; elle ne voulait pas soutenir ce regard qui lui faisait monter le rouge aux joues et lui procurait des frissons qui lui glaçaient la colonne vertébrale. La partie de cartes se termina sur la victoire de l'homme ; content, il lança un clin d'œil enjôleur à Clotilde. Mathilde boudait toujours dans son coin. Il s'approcha d'elle. Méfiante et renfrognée, elle eut un mouvement de recul.

« Aie pas peur, je vais pas te bouffer ! Lui dit-il en riant. Qu'est-ce que tu as mauvais caractère ! Une vraie vieille fille ! Au moins, ta sœur est moins timorée que toi !

—Parce que vous pensez que j'aie envie de rire ? Vous trouvez la situation amusante ? Pas moi ! Vous nous retenez prisonnières, vous nous obligez à faire des corvées, à vous servir comme un pacha, vous nous prenez pour vos boniches et en plus, vous tournez autour de ma sœur ! Et on ne sait même pas qui vous êtes ni pourquoi les gendarmes vous recherchent ! hurla-t-elle, écarlate de colère. Peut-être que vous êtes un assassin ? Peut-être que vous allez nous tuer quand vous n'aurez plus besoin de nous ? Continua-t-elle sans lui laisser le temps de répondre.

— Mathilde a raison, enchaina Clotilde. Au moins, vous pourriez nous dire ce qui nous a amenées ici ! Vous pourriez être un peu moins agaçant et exigeant. Après tout, on n'en a rien à faire, nous, de vos ennuis. Laissez nous partir !

—Ha, la, la ! S'écria l'homme. Les donzelles ! Toutes les mêmes, hein ! Ça veut tout savoir, toujours. Et ça gueule ! Mais non, mes petites chattes. Je vous raconterai pas ma vie. Vous devrez vous contenter d'être au chaud, le ventre plein et rien de plus. Plus tard, peut-être. En attendant, pas question de vous laisser aller raconter votre petite histoire aux flics ! Allez, ouste ! Allez faire chauffer la soupe ! J'ai faim ! »

Rouge de colère, révoltée, Mathilde ravala ses larmes en serrant les poings, impuissante à se libérer du joug de cet individu qu'elle détestait. Clotilde était partagée entre l'attirance qu'elle éprouvait pour lui et la peur qu'il lui inspirait. Un combat se livrait dans son esprit. Lorsqu'il était calme, il lui prenait parfois l'envie de lui sourire, d'accepter ses avances malgré l'angois- se de cette situation à l'issue incertaine.

Sur les injonctions de l'homme, Mathilde prit la direction de la cuisine, suivie par Clotilde.

D'ordinaire, il faisait en sorte que les deux sœurs ne soient pas séparées lorsqu'elles se rendaient à la cuisine ; il les suivait de près et ne les laissait pas préparer les repas sans les surveiller. Cette fois, il ne bougea et, alors que Clotilde passait devant lui, il la retint, la prit par la taille, la serra contre lui et lui susurra à l'oreille :

« Tu sais que tu me plais, toi ? Tu n'es pas mal du tout. Bien mieux que ta sœur. Elle, on dirait une vieille. Toi, on sent bien que tu demandes qu'à t'amuser. Ça te dirait un petit câlin ? »

Elle se dégagea de son étreinte, le rouge aux joues, des sueurs glacées dans le dos. Elle se sentait coupable. Coupable d'être l'objet des avances de cet homme qu'elle méprisait, qui l'effrayait mais qui l'attirait irrésistiblement.

Mathilde l'attendait, campée les poings sur les hanches au milieu de la cuisine.

« Il t'a encore fait du gringue ! S'écria-t-elle, hors d'elle. Et ça n'a pas l'air de te déplaire, on dirait ! Regarde-toi ! Mais regarde-toi, ma pauvre fille ! On dirait une chatte en chaleur ! Ah ! C'est du propre ! Un assassin ! La mère doit se retourner dans sa tombe !...

—Et alors ? Tu es jalouse ? Qu'est-ce que ça peut te faire ? Jamais un homme ne m'avait fait la cour ! Pourquoi pas celui là, hein ? » L'apostropha Clotilde, provocante autant pour cacher son trouble que pour ne pas s'effondrer en pleurs.

L'homme les avait suivies. Il se tenait sur le pas de la porte appuyé nonchalamment au chambranle ; Il les observait en sifflotant. Il avait semé la zizanie et ça lui plaisait.

L'ambiance du repas, ce soir là, fut encore plus lourde et insupportable. Mathilde jeta littéralement les assiettes et les couverts sur la table, s'arrangea pour le brûler en posant contre sa main la casserole contenant le ragoût, renversa son verre dans son assiette tout en le provocant du regard. Comprenant que si l'orage éclatait, il ne viendrait pas à bout de ces deux furies, il ne protesta pas, se contenta d'échan- ger son assiette contre celle de Mathilde en lui adressant un sourire moqueur. Il avala son repas tout en ne les quittant pas des yeux, le regard plissé et menaçant. Pas une parole ne fut prononcée jusqu'à l'heure du coucher dont le rituel fut brisé.

La séduction

Comme il le faisait depuis ces trois derniers soirs, l'homme installa tout le barda devant le lit, mais alors que les filles allaient se glisser dans les draps, il dégagea le passage et fit descendre Clotilde.

« Toi, lui dit-il, tu restes avec moi. On a à causer. »

Il replaça l'ensemble des objets contre le lit où Mathilde resta prisonnière. La colère, qui ne l'avait pas quittée, en fut exacerbée. Elle se leva d'un bond et se mit à hurler :

« Qu'est-ce que vous lui voulez ? Laissez la tranquille ! Salaud, assassin ! Je vous hais ! Laissez-moi sortir !

—Hou, la, la ! Je vais pas la bouffer, ta sœur ! Allez ! Couchée et ferme-la !» Répondit-il en lui tournant ostensiblement le dos.

Impuissante, désarmée, Mathilde se recoucha en maugréant des menaces de mort qu'elle lui promettait de mettre à exécution dès qu'elle en aurait l'occasion. L'homme repoussa ces invectives d'un geste de la main et se retourna vers Clotilde, restée coite sous l'effet de l'inquiétude que lui inspirait cette nouvelle situation. La prenant par l'épaule, il l'invita à s'asseoir à ses côtés sur le sofa, remit une buche dans l'âtre, servit deux verres de vin et souffla la lampe à pétrole. Dans la demi-pénombre, la pièce avait pris un aspect fantomatique ; les flammes dansantes étiraient les objets et les meubles en ombres chinoises, l'homme était éclairé de profil, un côté clair faisant ressortir l'éclat de ses yeux, l'autre sombre, à l'image de sa personnalité.

Clotilde l'observait à la dérobée en se tordant les mains, indécise sur l'attitude à adopter. Craintive autant que curieuse, elle s'était assise sur le bord du sofa, sur la défensive, prête à se rebiffer. Perdue dans ses réflexions, elle ne prit pas garde au bras qu'il lui passait autour de la taille et ne bougea pas.

« Quand même, il est plutôt séduisant. Quel dommage … » Se disait-elle.

Il avait un visage fin, des joues légèrement émaciées, un nez bien droit aux ailettes fines, des yeux clairs et vifs. Une tignasse brune qu'il coiffait en arrière dégageait un front large et bombé et sa silhouette était élancée. Il ne mesurait guère plus d'un mètre soixante dix, mais son allure avait une certaine élégance malgré une démarche un peu lourde.

La pression de la main contre ses hanches ramena Clotilde à la réalité. Elle sursauta et essaya de se dégager, mais l'homme l'attira encore plus près de lui, insistant. Il lui tendit un verre de vin qu'elle accepta et, s'assurant que sa sœur s'était recouchée et leur tournait le dos, enfouie sous la couverture, elle se leva. À demi penchée vers lui, elle chuchota :

« Je ne sais pas où vous voulez en venir exactement. Mais je sais ce que vous attendez de moi, ou du moins, je m'en doute. Deux femmes avec un homme dans une maison isolée, c'est fatalement ce qui arrive. Après moi, vous essaierez de passer à Mathilde et ainsi, ce n'est pas deux boniches, que vous aurez, mais deux esclaves ! Et ça, c'est hors de question.

Maintenant, merci pour le verre de vin et votre attention, mais laissez-moi aller me coucher. S'il vous plait ! »

L'homme l'avait écoutée sans l'interrompre. Il semblait réfléchir et garda le silence pendant un long moment, le regard perdu dans les flam- mes de l'âtre, alors que Clotilde, mal à l'aise mais ferme dans sa position, restait plantée devant lui sans bouger, attendant une réaction. Il releva la tête, l'air peiné, et, semblant chercher ses mots, il essaya de la convaincre de sa bonne foi :

« Tu te trompes sur mon compte. Je ne suis pas un salaud. Ta sœur ne m'intéresse pas. Elle est trop vieille fille, trop revêche. Toi, tu es différente. C'est de toi dont j'ai envie. Si je t'avais rencontrée avant, dans d'autres circonstances, je t'aurais fait la cour, je t'aurais demandée en mariage et, qui sait, nous aurions pu être heureux, ensemble. Ça aurait changé bien des choses pour moi... »

A ces mots, Clotilde faillit perdre son souffle. C'était bien la première fois qu'un homme lui parlait de mariage ! Et il avait fallu attendre d'avoir quarante ans et se faire enlever pour entendre ça ! Désorientée, elle se laissa tomber sur le sofa, la tête entre les mains. Elle avait envie de rire et de pleurer tout à la fois. La situation lui paraissait irréelle, caucasse, surréaliste, grossière ! Le décor de cette maison, triste à mourir, le feu dans la cheminée qui crépitait joyeusement, sa sœur qui rongeait sa colère tournée face contre le mur, cet homme à la fois bourreau et séducteur, tout lui donnait l'impression de vivre un mauvais rêve. Silencieux, l'homme lui caressait le dos, comme pour la consoler d'un chagrin dont il se serait senti coupable. Elle releva la tête et, plantant son regard dans le sien :

« Ecoutez, articula-t-elle avec difficulté tant sa gorge était serrée. Je suis flattée et émue. Mais tout ceci me paraît impossible. Vous auriez pu me séduire, en effet, dans d'autres circonstances, mais là, dans la situation où vous nous avez mises Mathilde et moi, c'est impossible. J'ai trop peur de vous pour être amoureuse. Et si je cède à vos avances, que se passera-t-il après ? «

L'homme essaya de protester, mais elle enchaîna en lui coupant la parole :

« Essayez de comprendre. Je ne peux pas vous faire confiance. Vous avez bouleversé notre vie. Nous vivions bien tranquilles, avant votre arrivée. Pourquoi nous avoir entrainées dans votre fuite ? Et qu'est-ce que vous allez faire de nous ? Comment une pauvre fille comme moi pourrait avoir envie d'un homme comme vous ?

—Tu n'as rien à craindre, la rassura-t-il. Je ne suis ni un salaud, ni un assassin. Je n'ai jamais tué personne. Je suis en cavale, c'est vrai, mais pas pour un meurtre. Si je vous ai enlevées, c'était juste pour passer au travers d'un barrage de flics. Je ne pensais pas avoir à vous amener ici. J'avais préparé ma fuite et j'avais prévu de me réfugier dans cette maison. L'été dernier, avant d'être recherché, je suis venu pour y laisser assez de nourriture pour tenir plusieurs mois, seul. Je savais qu'il me faudrait me mettre au vert assez longtemps. C'est le hasard qui a fait que c'est tombé sur vous deux et c'est parce qu'il faisait ce temps de chien que je n'ai pas eu le courage de vous laisser sur le bord de la route où personne ne serait venu vous chercher.
—En somme, répliqua Clotilde, consternée par tant de mauvaise foi, vous nous avez sauvé la vie ?
—On peut dire ça. Imagine un peu que je vous ai larguées en pleine campagne ? Vous seriez mortes de froid avant le passage d'une voiture. Allez, ma jolie. Regarde comme ce feu est beau et comme il nous réchauffe. N'aie pas peur de moi,

je ne demande qu'à être doux et gentil comme un agneau. » Finit-il en lui caressant le visage.

Sur ses gardes, Clotilde détourna la tête et tenta de s'éloigner de son emprise. Il devenait de plus en plus entreprenant, se rapprochait d'elle, lui passait un bras autour de la taille en l'attirant contre lui et en l''embrassant dans le cou.

« Non. Murmura-t-elle. Je vous en prie, pas ça. Pas ici, pas comme ça, pas devant Mathilde.
—Allons, répliqua-t-il, mielleux. Laisse toi aller, viens contre moi. Je ne te veux pas de mal. Je te l'ai dit, je t'aime beaucoup. Peut-être qu'un jour, nous pourrions nous marier, qui sait ?
—Je… Je ne sais pas. Bégaya-t-elle. Je n'ai jamais eu d'amoureux… Vous me faite peur !
—Comment ? Fit l'homme avec un recul de surprise. Tu n'as jamais eu d'amant ? Tu es pucelle ? A ton âge ? Incroyable ! Mais quel âge as-tu, au juste ?
—Mathilde et moi avons eu quarante ans dimanche. Lorsque vous nous avez enlevées, c'était notre anniversaire. Répondit Clotilde, rougissante.
—Quarante ans et toujours vierge ? Et ta sœur aussi ? Alors ça ! Bon. Ecoute : je veux pas te forcer. Mais tu me

plais. Un petit câlin, ça n'engage à rien. Reprit-t-il en l'enlaçant. Allez, détends toi, je vais pas te bouffer, quand-même ! »

Raide comme la justice, elle n'osa pas protester davantage de peur que l'homme ne perde patience et la brutalise. Elle le laissa lui caresser doucement le bras puis le dos. Sa main allait de ses épaules à sa croupe, remontait lentement le long de sa colonne vertébrale, s'attardait dans son cou qu'il bécotait en faisant courir sa bouche sur l'oreille, sur la joue ; pour finir, il la renversa sur le sofa et se mit à l'embrasser sur la bouche qu'elle tenait obstinément close. Il la força à desserrer les dents et lui donna le baiser de l'amour, ce baiser auquel elle avait tant rêvé. Ce désir s'était manifesté depuis son adolescence chaque fois qu'elle avait vu un couple d'amoureux et depuis qu'elle avait découvert, après la mort de sa mère, les romans-photos soigneusement cachés dans sa table de nuit. Elle n'avait jamais rien connu de l'amour que ces images fabriquées destinées à faire rêver les midinettes mais qui ne donnaient d'autres explications que les intrigues imbéciles dont elles étaient l'objet. On ne parlait pas de ces choses là, et l'idée qu'elle s'en était faite était empruntée de romantisme et d'un trouble indicible si secret que même à Mathilde, elle n'en n'avait jamais soufflé mot. Est-ce que sa sœur ressentait la même chose, est-ce qu'elle aussi avait rêvé mille fois d'un prince charmant ? Elle n'en savait rien. Tout ce que la mère leur en avait dit, c'était que ce qui se passait entre un homme et une femme ne devait pas se produire en dehors du mariage et que ça aboutissait forcément à avoir un enfant. Elles avaient écouté les ragots sur les pauvres filles-mères qui s'étaient laissées prendre au piège de séducteurs sans scrupule et qui étaient regardées comme des filles de rien. Elles s'étaient toujours tenues à l'écart de ces tentations menées par le diable et vilipendées par le curé lors de ses sermons du dimanche matin.

Tout en l'embrassant, l'homme lui caressait les seins, le ventre, les hanches, les cuisses. Petit à petit, elle se sentit envahie d'une langueur qui l'amena irrésistiblement à participer à l'étreinte et elle lui rendit ses baisers. Lorsque les caresses se firent plus hardies, elle le repoussa et se releva d'un bond.

« Qu'y-a-t-il ? Lui demanda l'homme. Ça te plait pas ?
—Si, si, je trouve ça très agréable, expliqua-t-elle. Mais je ne peux pas. Nous ne somme pas mariés et je ne veux pas

avoir d'enfant. Ça ne se fait pas. Finit-elle en rougissant et en se rajustant.

—Qui parle de mariage ? S'esclaffa l'homme. Oui, oui, je t'ai dit que je pourrais t'épouser après, quand tout serait rentré dans l'ordre, bien sûr. Mais pour l'instant, il s'agit que de prendre un peu de bon temps ! Moi non plus, j'en veux pas de mioche ! Allez, crains rien. On fait pas un gosse à tous les coups, heureusement. Et puis, si ça se trouve, c'est ta seule chance de faire l'amour ! Allez, laisse-toi faire !» Reprit-il, câlin et enjôleur en lui caressant les joues et en la bécotant.

Mathilde, qui avait tout entendu mais n'avait fait aucun commentaire malgré l'envie qui la taraudait de remettre cet individu indélicat à sa place, furieuse, se leva et se mit à hurler :

« Ça suffit ! Foutez-lui la paix. Elle vous a dit qu'elle ne voulait pas, alors lâchez la !
—Ho toi ! La belle-mère, ferme la et dors ! »

Ordonna l'homme en se levant et faisant mine d'escalader le monceau de choses qui séparaient Mathilde de sa main levée, prêt à la frapper. Il empoigna Clotilde par un bras et l'entraîna dans la chambre voisine. Tremblante, transie de froid et de peur, elle le suppliait :

« S'il vous plaît, laissez-moi.

—Allons, allons, ne fais pas ta petite fille, lui dit-il. Ça te plaisait bien, tout à l'heure, avant que ta sœur la ramène ! Allez, détends toi, on va tout reprendre à zéro.

—Non, je vous en prie, pas ici, pas comme ça. Et puis, ajouta-t-elle pour essayer de gagner un peu de temps, ce lit est sale et froid. Et Mathilde va tout entendre. Je ne veux pas...

—Elle est à côté ta sœur ! Elle n'entendra pas ! Elle n'en saura rien ! Protesta-t-il.

—Quand-même. Ça ne se fait pas. Pas comme ça !

—Ha ! Les femmes ! S'exclama-t-il, agacé. Qu'est-ce qu'il faut faire, alors, pour te mettre à l'aise ?

—Je ne sais pas, moi. Hésita Clotilde. Peut-être que vous pourriez attendre un peu, peut-être que nous pourrions retourner auprès de la cheminée où il fait meilleur qu'ici. Nous continuerions à parler...

—Bon. Ecoute. Répliqua-t-il avec un geste d'impatience. Ça suffit, ces simagrées. J'en ai marre de roupiller dans ce sofa, j'ai envie d'un lit et je veux pas y dormir seul ! »

Il planta Clotilde dans la chambre, retourna dans la salle où il prit du linge propre dans l'armoire. Au passage, Mathilde, qui trépignait de rage dans son lit, lui jeta quelques injures auxquelles il ne répondit pas. Pour couper court à ses cris, il sortit de la pièce dont il ferma la porte. De retour dans la chambre, il ordonna à Clotilde de faire le lit. Elle s'exécuta en traînassant pendant qu'il faisait les cent pas en l'observant. Lorsqu'enfin elle eut terminé d'arranger les couvertures, il se déshabilla, plia sa veste qu'il plaça sous sa tête en guise d'oreiller et se coucha. Comme Clotilde restait bras ballants à côté du lit, il lui jeta :

« Qu'est-ce que tu attends ? Tu comptes passer la nuit comme ça ? Allez, déshabille-toi et viens te coucher ! »

Elle enleva sa robe et s'allongea, raide et glacée aux côtés de l'homme.

« C'est tout ? Tu dors toute habillée ? Protesta-t-il.
—J'ai trop froid. Se plaint-elle.
—Viens là, je vais te réchauffer.» Lui dit-il en l'attirant contre lui.

Il l'entoura de ses bras et se mit à lui frictionner le dos. La chaleur de l'homme réchauffait le lit, se communiquait à Clotilde, les frictions devenaient caresses, ses mains se faisaient douces en parcourant son corps. Elle se laissait faire, résignée et passive, pendant qu'il s'enhardissait, parcourant du bout des doigts son cou, descendait le long de son dos, s'attardait sur ses fesses. Il la força à se retourner, lui bécota le visage, la bouche, les seins, le ventre et explora son sexe. Des frissons parcouraient l'échine de Clotilde, toujours aussi raide et tendue malgré le plaisir qui commençait à l'envahir. Elle ne voulait pas céder, elle se refusait à participer, elle se disait que quoi qu'il arrive, elle n'aurait rien à se reprocher. L'homme ne s'avouait pas vaincu. Comprenant qu'il arriverait malgré tout à ses fins, il insista, patiemment, tendrement maintenant. Il accentua ses caresses, l'amena au bord de la jouissance jusqu'à ce que sa respiration se fasse plus saccadée, jusqu'à ce qu'enfin elle consentit à recevoir ce plaisir et à le partager avec lui. Elle perdit toute notion de retenue, lui rendit ses baisers et, pour la première fois, elle fit l'amour dans un endroit sordide avec un inconnu, un individu pas recommandable qui l'avait enlevée et la retenait prisonnière.

Cette expérience tardive ne lui laissa pas un souvenir d'extase : ce furent des sensations mêlées de douleur et de plaisir. Elle en éprouva un sentiment étrange de victoire contre l'inter- dit enfin bravé, comme une adolescente ayant réussi à échapper à la vigilance de ses parents. Elle en garda le goût du fruit défendu croqué en cachette. Elle lui fut reconnaissante de l'avoir enfin faite femme, elle tomba amoureuse de lui dans un mélange de honte et de bonheur dont elle garda le souvenir jusqu'à son dernier jour.

Après l'amour, ils parlèrent. Il la tenait serrée dans ses bras en faisant courir ses doigts doucement le long de ses bras et en lui donnant de petits baisers qui la faisaient frissonner. Elle lui raconta son enfance choyée mais laborieuse auprès de parents qui trimaient dur et qu'il fallait aider au lieu de jouer, son adolescence morose, sa vie d'adulte sans joie auprès de sa sœur despotique. Il lui confia qu'il s'appelait Jacques, qu'il était orphelin, recueilli à l'âge de douze ans par un couple sans enfant, cousin de son père, qui avait un garage à Périgueux. Il avait appris le métier mais le couple, alcoolique et violent, l'avait maltraité. Après son service militaire, il n'était revenu au garage que pour récupérer ses affaires et la clé de cette maison qui avait appartenu à ses grands-parents. Lorsqu'il était adolescent, il venait y passer les vacances avec ses parents adoptifs et y avait habité quelque temps, seul, avant de repartir travailler en ville. Il n'y avait remis les pieds que récemment, lorsqu'il lui avait fallu se mettre au vert.

« Qu'as-tu fait de si grave pour être obligé de te cacher ? Lui demanda Clotilde.
—Je ne peux pas te le dire. Répondit-il. Il vaut mieux que tu n'en saches pas plus sur moi. »

Elle se contenta à regret de cette réponse.

La vengeance

Mathilde ne dormait pas. Elle avait entendu les bruits de l'amour, les grincements indiscrets du sommier et elle percevait, sans pouvoir les comprendre, les chuchotements de la conversation. Furieuse, elle se tournait et se retournait dans son lit. N'y tenant plus, elle se leva, escalada tant bien que mal l'amas de meubles qui la retenait prisonnière, faillit se rompre le cou en enjambant le sofa et s'effondra par terre dans un fracas qui fit tressaillir l'homme. Se levant d'un bond, il se précipita dans la pièce, la releva sans ménagement et la força à se recoucher alors qu'elle hurlait :

« Clotilde ! Clotilde ! Où est ma sœur ? Qu'est-ce que vous lui avez fait ? Salaud ! Lâchez-moi ! Hurlait-t-elle.

—Je suis là, Mathilde. Calme-toi. Je vais bien. Répondit Clotilde en se précipitant hors du lit. J'arrive ! »

L'homme s'était saisi d'une ceinture. Il attacha les mains de Mathilde à un montant du lit. Elle gigotait en lui criant des insanités pendant que Clotilde, partagée entre la pitié qu'elle éprouvait pour sa sœur et la révolte que lui inspirait cette manière qu'il avait de la traiter, se tordait les mains en le suppliant :

« Non ! Je t'en prie, ne lui fais pas ça ! Détache-la ! S'il te plait ! Arrête !
—Ça suffit ! S'écria-t-il. Il ne fallait pas essayer de t'échapper ! Estime-toi heureuse que je ne sois pas plus violent ! Et toi, ordonna-t-il brutalement à Clotilde. Retourne te coucher ! »

Il la prit par le bras et l'entraîna de force dans la chambre pendant que Mathilde continuait à se tortiller en pleurant et tempêtant.

Agacé, l'homme revint dans pièce et la menaça :

« Si tu continues à gueuler, je te mets un bâillon sur la bouche ! Compris ? »

Cette scène avait refroidi les ardeurs de Clotilde qui se recoucha, contrainte et forcée. Mais le charme était rompu, le sentiment d'amour qu'elle avait ressenti peu de temps auparavant faisait place, maintenant, à de la rancœur et à la peur. L'homme se coucha à ses côtés, l'étreint et, blotti contre son dos, il s'endormit. Clotilde ne put fermer l'œil. Des pensées contradictoires se bousculaient dans sa tête, partagée entre l'envie de délivrer sa sœur, d'échapper à l'emprise de l'individu, mais aussi de rester auprès de lui, de se faire aimer, de connaître ce que toute femme désire : la tendresse et le partage. Cet homme était-il capable d'amour ? Ou bien n'était-ce qu'une brute ? Lorsqu'il s'éveilla, elle en était là de ses réflexions, indécise et peu disposée à recevoir ses caresses. Elle se leva et alla préparer le café.

L'homme délivra Mathilde qui ne put s'empêcher de lui appliquer une paire de claques retentissantes. Hors de lui, il lui retourna un revers qui l'envoya valdinguer sur le sofa où elle s'effondra en hurlant. Clotilde arrivait à cet instant précis avec la cafetière pleine de café brulant. Voyant sa sœur en si mauvaise posture, sans réfléchir, par simple réflexe de défense, elle envoya le contenu du récipient à la face de son amant d'un soir qui, hurlant de douleur, se retourna vers elle. Mathilde profita de cet instant d'inattention. Saisissant le tisonnier, elle lui en appliqua un coup magistral sur la nuque. Etourdi, il s'écroula à terre. Il essaya de se relever en agrippant Mathilde par la jambe, mais elle réussit à se dégager et se remit à le frapper de toutes ses forces sur le crâne et sur le visage jusqu'à ce qu'il ne bouge plus. Clotilde était pétrifiée d'horreur, elle criait :

« Arrête, Mathilde ! Tu vas le tuer !
—Et alors ? Répliqua Mathilde. Bon débarras ! »

L'homme était inerte. Une plaie béante sur le crâne saignait, le visage était tuméfié, les yeux révulsés.

Mathilde, livide, à bout de souffle et horrifiée par sa propre violence, se pencha sur lui, constata qu'il ne respirait plus.

« Je crois qu'il est mort. » Dit-elle simplement en lâchant le tisonnier et en s'écroulant sur le sofa.

Clotilde fut prise d'un malaise et tomba, évanouie, à même le sol. Mathilde la releva, l'installa tant bien que mal sur le lit, lui appliqua un linge mouillé sur le front, lui tapota les joues jusqu'à ce qu'elle reprenne conscience. Allongées côte à côte sans bouger, le regard dans le vide, les deux sœurs restèrent de longues minutes dans un état apathique. L'homme, tout à coup, eut un soubresaut suivi d'un hoquet. Il leva un bras comme pour demander de l'aide, se raidit et, dans un dernier sursaut, il expira en un long et déchirant râle qui fit dresser les cheveux sur la tête de Clotilde. Recroquevillée en chien de fusil, les mains appliquées sur les oreilles, elle pleurait à gros sanglots hystériques, perdait son souffle, en proie à une crise de nerfs. Mathilde la secouait sans pouvoir la calmer. En désespoir de cause, elle alla chercher un verre d'eau qu'elle lui balança dans la figure. La surprise eut l'effet escompté. Clotilde se calma enfin, tremblante de tous ses membres, incapable de faire un mouvement. Mathilde servit deux grands bols de café, la força à en avaler un. Lorsque qu'elle sembla aller mieux, elle osa jeter un coup d'œil sur l'homme gisant dans son sang, face contre terre.

« Est-ce qu'il est vraiment mort ? Demanda-t-elle.
—Je pense que oui. Affirma Mathilde.

—Qu'allons-nous faire, maintenant ? Poursuivit-elle en reniflant.
—Que veux-tu que nous fassions ? Rétorqua Mathilde avec un geste d'impatience. Nous allons l'enterrer. Ensuite, nous verrons... »

La journée qui s'en suivit fut épouvantablement éprouvante.

Clotilde ne cessait pas de geindre, de renifler en essayant de réprimer les gros sanglots qui l'étouffaient. De toute la matinée, elle ne décocha pas une parole à sa sœur, la regardant parfois avec effroi, les yeux pleins de reproches qu'elle n'arrivait pas à exprimer. Mathilde était furieuse et ne cachait rien de sa colère. Furieuse du chagrin de Clotilde, furieuse qu'elle ait pu céder aux avances de ce voyou qui l'avait amenée à commettre l'irrépara- ble à ses yeux, furieuse d'avoir du, elle qui n'avait jamais, de toute sa vie, fait preuve de la moindre violence, l'assom- mer jusqu'à ce que mort s'ensuive pour les délivrer.

Une dispute s'ensuivit au cours de laquelle les deux sœurs s'en-voyèrent à la face tout ce qu'elles n'avaient jamais exprimé depuis leur enfance, l'une reprochant à l'autre son despotisme, l'autre son manque de volonté. A la fin, à bout d'arguments, toutes deux en larmes et épuisées, elles tombèrent dans les bras l'une de l'autre en se demandant pardon. Mais le mal était fait et, malgré la réconciliation, une rancune sourde subsista qui ne put jamais s'effacer.

Le calme revenu, Mathilde avait repris la situation en main. Elle avait envoyé Clotilde à la cuisine pour préparer du café. Pendant son absence, elle avait fouillé les poches de l'homme pour y prendre les clés. Elle trouva, dans l'armoire, des draps qu'elle étala sur le plancher et se mit en devoir d'en envelopper le corps inerte. Elle dut demander de l'aide à Clotilde pour le soulever, l'une par les pieds, l'autre sous les bras. Clotilde avait éprouvé un tel dégoût pendant cette opération qu'elle avait quitté la pièce pour aller vomir, laissant à Mathilde la tâche ingrate de terminer de ficeler le linceul dans lequel son amant était saucissonné. Mathilde ne dit rien, mais n'en pensa pas moins et, seule, elle tira le cadavre dans le couloir. Lorsque Clotilde fut remise de sa nausée, Mathilde, faisant semblant de ne rien remarquer de sa mine défaite, lui proposa de partir en exploration aux alentours de la maison.

Les corvées imposées ne leur avaient pas permis de voir autre chose que la lisière de la forêt et la grange attenante.

Elles découvrirent, derrière ce bâtiment, une cabane pleine d'outils dont le sol meuble ne présentait pas de résistance aux coups de pioche. Mathilde prit encore la direction des opérations.

Elle tendit une pelle à sa sœur et elle-même, munie d'une bêche, commença à creuser un trou. Comme Clotilde restait plantée là, les bras ballants, le regard perdu dans un cauchemar éveillé, elle la houspilla et l'obligea à se mettre à la tâche. Ensemble, elles bêchèrent, piochèrent, pelletèrent avec rage jusqu'à ce que la cavité soit assez profonde et large pour y ensevelir le cadavre.

Le porter jusque là fut une épreuve. Malgré son apparente maigreur, il était lourd ; lourdeur aggravée par l'inertie et la raideur de la mort. Cette opération leur prit plus d'une heure, le trainant plus que le portant, s'engueulant, pleurant et tempêtant contre le sort qui les avait précipitées dans cette galère. En nage, épuisées, elles parvinrent enfin à le faire rouler dans ce qui serait sa tombe pour l'éternité. Lorsqu'elles eurent terminé de l'ensevelir, elles tassèrent la terre et disposèrent dessus des caisses et des objets épars de manière à ce qu'on ne puisse soupçonner le forfait qu'elles venaient d'accomplir.

Clotilde insista pour dire une prière, pour ne pas, expliqua-t-elle, qu'il soit enterré comme un chien. Mathilde haussa les épaules, mais la laissa faire.

Le reste de la journée fut consacré à organiser leur départ de cet endroit maudit dont elles n'avaient aucune idée ni de la région où il se trouvait, ni de la proximité d'aucune ville.

Lorsque Mathilde avait récupéré les clés de la maison dans la poche gauche de la veste de l'homme, elle avait aussi fouillé la poche droite, pensant y trouver l'arme avec laquelle il les avait menacées. Mais, à sa grande surprise, un simple morceau de bois, d'une forme plus ou moins ressemblante à celle d'un pistolet y était caché.

Passant cette découverte sous silence, elle avait jeté le bâton dans le feu. Ainsi, se dit-elle, ce voyou n'avait pas d'arme ? Il avait fait semblant de les menacer pour les intimider et les garder à sa merci ? Cette question la tarabustait. Clotilde, de son côté, était persuadée que s'il avait vraiment voulu leur faire du mal, il aurait pu y parvenir sans difficulté. Chacune garda ses réflexions pour elle, pour l'instant, se dit Clotilde qui se faisait fort de remettre la question sur le tapis, à l'occasion. Il serait temps d'y revenir plus tard.

La découverte

De retour de cet enterrement improvisé, Mathilde avait ouvert la porte de la pièce interdite. Dès qu'elle eut pénétré dans cette sorte de cagibi sans fenêtre, elle fut assaillie par une odeur qui lui rappela celle de la réserve de l'épicerie où elle allait livrer ses œufs. Quelle ne fut pas sa surprise d'y découvrir des étagères couvertes de nourriture, conserves, biscuits, vins, café sucre, pommes de terre, oignons et autres victuailles. De quoi tenir un siège de plusieurs mois. Elle appela Clotilde qui, tout aussi étonnée, en oublia momentanément sa fatigue et son chagrin.

Elles fouillèrent la pièce, se demandant ce que l'homme pouvait bien y avoir caché d'autre pour leur en interdire l'accès. Elles soulevèrent des caisses, tirèrent des sacs, réunirent au centre tout ce qui touchait les murs, cherchèrent une cachette, sans résultat. Alors que Clotilde soulevait une pile de cartons vides, elle aperçut une mallette de cuir très usagée. Pensant y trouver de vieux documents, elle en fit sauter la serrure qui ne résista pas. La surprise fut d'autant plus forte : des billets de banque, des titres au porteur, une cassette emplie de bijoux y étaient rangés ! Une fortune ! Ainsi donc, leur ravisseur était un voleur ? Avait-il tué quelqu'un pour lui dérober tout ceci ? Avait-il volé ses parents adoptifs ? Et que faire de cette découverte ? Les deux sœurs mirent les autres pièces sens dessus-dessous, vidèrent les armoires, retournèrent le sofa, les chai- ses, regardèrent sous les lits, pensant y découvrir quelque indice qui leur donnerait une réponse à ces questions, mais rien de plus ne fut trouvé.

Elles emportèrent leur trouvaille dans la salle. Mathilde alluma le feu dans la cheminée, Clotilde prit quel- ques victuailles dans la réserve et elles dînèrent en silence, chacune perdue dans ses pensées. A la fin du repas, Mathilde renversa le contenu de la mallette sur la table et se mit à compter le butin. Trois cents mille francs, plus les bijoux et les titres ! Jamais, de leur vie, les jumelles n'auraient pu imaginer avoir une telle somme entre les mains. Que faire ? Allaient-elles avertir la police ou bien garderaient-elles le secret et profiteraient de ce magot ? Mathilde penchait plutôt pour l'honnêteté, Clotilde pensait qu'après tout, elles auraient été bien bêtes de ne pas profiter de cette aubaine pour sortir de leur petite vie morose. Avec tout cet argent, elles pourraient acheter une boutique en ville, vendre de la mercerie, elles n'auraient plus besoin de s'abîmer les mains et la santé à cultiver leur lopin de terre, à soigner les bêtes, à gratter la tombe des parents. Mathilde répliquait que cet argent était sûrement sale et qu'il serait malhonnête de l'utiliser, qu'elles pourraient espérer une récompense si elles le rendaient, que si on découvrait qu'elles l'avaient pris, elles seraient accusées et iraient en prison... La discussion dura tout l'après-midi.

La nuit venue, les jumelles se couchèrent sans avoir pu prendre une décision ni se mettre d'accord. Elles dormirent peu, se tournant et se retournant en tous sens sans pouvoir trouver le sommeil. Clotilde finit par s'assoupir au petit matin et fit un horrible cauchemar dans lequel Jacques, l'homme, son amant d'un soir, la suppliait de le secourir pendant que sa sœur le coupait en deux à l'aide du tisonnier. Elle s'éveilla avec une terrible sensation de culpabilité et des sanglots plein le cœur, en proie à un chagrin qui mit Clotilde hors d'elle.

« Ma pauvre fille ! Lui hurla-t-elle. Regarde-moi à quoi tu ressembles ! On dirait une veuve ! Non mais, des fois, tu n'as pas honte de pleurer un tel voyou ?
—Je suis sûre qu'il n'était pas un voyou ! Répondit Clotilde en hoquetant. C'était un gentil garçon qui n'a pas eu de chance...
—Ha oui ! Gentil, hein ? Pas de chance ! Tu es folle, ma fille ! Folle à lier d'avoir accepté ses avances, folle à lier de t'être laissée faire comme une fille de rien ! Honte à toi ! J'en suis malade ! Et si tu es enceinte ? Hein ? Qu'est-ce qu'on dira, au village, si tu es enceinte ? Tu vas avoir l'air fine, tiens ! Tu te vois élever un moutard, à ton âge ? »

Enceinte ? Clotilde avait oublié cette éventualité ! Cette idée la laissa sans voix. Elle s'effondra, redoublant de sanglots. Mathilde eut pitié d'elle, la prit dans ses bras et la berça en essayant de la rassurer.

« La, la... Ne pleure plus. Nous allons essayer de partir d'ici et nous aviserons par la suite de ce qu'il conviendra de faire. Allons, calme-toi. Voyons comment nous allons pouvoir quitter cet endroit maudit. »

Le départ

Le reste de la journée fut consacré à essayer de remettre en route la vieille guimbarde qui les avait amenées jusqu'ici et qui était restée cachée dans la grange depuis leur arrivée. Ni l'une ni l'autre n'avait son permis de conduire, mais elles avaient suffisamment piloté le tracteur du père pour savoir tenir un volant. Mathilde avait tant de fois aidé à réparer les moteurs, mis les mains dans le cambouis, changé bougies, courroies et autres mécaniques, qu'elle se faisait fort de remettre le véhicule en état de marche. Restait à savoir si le réservoir contiendrait assez de carburant pour leur faire faire les kilomètres qui les rapprocheraient de leur but : rentrer à la maison. La voiture était un vieux modèle qui démarrait à l'aide d'un starter et d'une manivelle, comme le tracteur. Mathilde saisit la manivelle, l'emboita dans l'orifice dédié et donna un tour. Elle y mit toutes ses forces pendant que Clotilde tirait sur le starter et appuyait simultanément sur l'accélérateur. Le moteur eut un soubresaut mais ne répondit pas à la sollicitation.

« Tire sur le starter ! Cria Mathilde.
—C'est ce que je fais ! » Répondit Clotilde, agacée.

Mathilde se campa, les jambes légèrement écartées, le buste penché vers l'avant, les fesses pointant vers l'arrière, cracha dans ses mains et recommença la manœuvre en poussant un « han ! ».À nouveau, le moteur toussa et se tut. Elle lâcha la manivelle et commença à ôter les bougies une à une, les essuya, souffla dessus, les remit en place et recommença à tourner la manivelle.

Un tour, deux tours, trois tours : rien ne se produisit. Découragée, elle rejoint sa sœur dans l'habitacle.

« Cette chignole est bonne pour la casse ! Jamais nous n'arriverons à la remettre en marche ! Se découragea-t-elle.

—On fait un dernier essai ! Proposa Clotilde. C'est moi qui m'y colle, cette fois !
—Tu n'y arriveras pas, tu n'as pas assez de force ! J'y retourne. Si ça ne marche pas, nous n'aurons plus qu'à partir à pied demain matin. Maintenant, c'est trop tard, la nuit va tomber ! »

Mathilde reprit place, la manivelle en main. Trois nouveaux essais furent nécessaires pour enfin tirer un crachotement, une série de hoquets et, enfin, un démarrage poussif.

« Réduits un peu le starter et accélère ! Vas-y ! Hurla Mathilde, toute excitée.
—Ça y est, ça marche ! C'est un vrai miracle !
—Ne lâche pas l'accélérateur. Doucement. Ne la fais surtout pas caller. On va la laisser tourner un bon moment pour voir si elle tient. Après, nous essaierons de la sortir de la grange et demain matin, en espérant, qu'elle veuille bien redémarrer, nous quitterons cette maudite masure ! »Jubila Mathilde.

Le moteur ronronnait maintenant avec des soubresauts inquiétants, mais il tournait. Mathilde se mit au volant, sortit la voiture dans la cour, fit quelques tours pour se familiariser avec la conduite. Le passage des vitesses fut laborieux, les pignons grincèrent, craquèrent, mais l'essai fut tout de même assez satisfaisant pour qu'el- le espère pouvoir parcourir suffisamment de kilomètres qui les rapprocheraient de leur village.

Elles passèrent une dernière nuit dans la maison. Le lendemain matin, levées aux aurores, elles effacèrent toutes traces de leur séjour, rangèrent, nettoyèrent, chargèrent quelques vivres et la valise de billets dans le coffre. Elles firent un dernier tour dans la cabane aux outils où reposait l'homme, s'assurèrent que rien ne pouvait être décelé de leur crime, fermèrent la maison et déposèrent la clé dans un interstice du toit au-dessus de la porte d'entrée. Il fallut encore quelques tours de manivelle pour faire démarrer le moteur. La jauge indiquait que le réservoir d'essence était à moitié plein. Si la chance le voulait, si cette vieille guimbarde ne tombait pas en panne, elles pouvaient espérer se rapprocher de chez elles.

Le temps était plus clément depuis quelques jours. La neige commençait à fondre, dégoulinant des arbres dont les branches alourdies pendaient lamentablement. Le chemin qui menait à la route ressemblait à un cloaque boueux et glissant dont les ornières menaçaient d'enliser les roues du véhicule brinquebalant. Mathilde conduisait agrippée au volant, essayant d'éviter les trous, zigzaguant au risque de glisser dans le fossé profond. Le temps qu'elles mirent pour arriver sur l'asphalte de la route leur parut interminable. Enfin, elles tournaient le dos à cette forêt et à cette atroce mésaventure, enfin, elles étaient libres.

Instinctivement, Mathilde vira à droite sans savoir si cette direction était la bonne. À quelques centaines de mètres, un carrefour indiquait « Clermont-Ferrand, 56 Km ». Désorientée, elle hésita, ne connaissant pas cette ville dont elle avait certes entendu parler, mais qui lui semblait se trouver aux confins du monde, tant son ignorance de la géographie était grande. Stoppant la voiture, elle regarda sa sœur qui, levant les sourcils, lui fit comprendre qu'elle n'en savait pas plus qu'elle. Clotilde se souvint de la carte routière que l'homme avait utilisée une fois et qu'il avait placée dans la boîte à gants. Elle l'étala devant elle, ne sachant au juste comment s'en servir. À tout hasard, elle chercha du doigt une indication. Une route était soulignée au crayon rouge, partant de Clermont-Ferrand et s'arrêtant à un point qui pouvait être l'emplacement de la maison où elles avaient été retenues prisonnières. Sur le parcours, un nom de village retint son attention.

« Le Pontet Sainte Maxime, lut-elle à voix haute à l'intention de Mathilde.
—C'est tout près de chez nous. C'est là que le père nous emmenait pour la foire au gras, vendre ses volailles ! » S'exclama Mathilde.

Sur la carte, la route ne faisait que quelques centimètres. Elles n'eurent pas la présence d'esprit de mesurer l'écart entre cette dimension et la distance qu'elle représentait et repartirent, pleines d'espoir. Il fallait aller jusqu'à Clermont-Ferrand, point de départ indiqué sur la carte et suivre à la lettre les indications qui y figuraient. Elles parcoururent sans encombre les cinquante six kilomètres annoncés par la borne, malgré les soubresauts inquiétants du moteur. Les abords de la ville les surprirent avec toutes ces usines, ces maisons groupées, ces rues larges et une circulation qu'elles n'avaient pas soupçonnées. Comment trouver son chemin ? Mathilde n'avait pas l'expérience de la conduite en ville et ne connaissait rien au code de la route. Plus d'une fois, elle faillit renverser un piéton ou emboutir un véhicule. Elle déclencha des protestations, des coups de klaxon et même une fois des injures. Elle se perdit dans le centre ville, s'arrêta avec l'intention de demander à quelque passant la direction à prendre pour regagner la route nationale indiquée sur la carte. Quelqu'un leur indiqua un chemin qui les mena sur une route en lacets si raide que la voiture, épuisée, cala et refusa de repartir. En désespoir de cause, elles récupérèrent leurs affaires dans le coffre et abandonnèrent le véhicule. Ne sachant où aller, elles prirent la décision de rebrousser chemin et de retourner dans la ville, en quête d'un gîte pour la nuit qui s'annonçait.

Elles avaient dormi, une fois, dans une auberge avec les parents, lors d'une grande foire. Elles avaient assez d'argent et décidèrent de se mettre en quête d'un hôtel. Après une marche de plusieurs kilomètres le long d'une avenue interminable longée de grosses maisons aux façades sombres et tristes, elles atteignirent une place traversée par des passants pressés, autour de laquelle des boutiques offraient leurs vitrines éclairées. Des enseignes indiquaient qu'ici, on pouvait trouver tel ou tel article. Perdues, elles s'étaient arrêtées au milieu de l'esplanade, indécises sur la direction à prendre, étourdies par tout ce brouhaha et cette agitation. Elles entrèrent au hasard dans le premier établissement qui indiquait « chambres à la nuit ». Un homme se tenait derrière un comptoir. En les voyant il leur demanda :

« Mesdames ? Vous désirez ?
—Nous serait-il possible, répondit Mathilde, de loger ici ?
—Pour combien de temps ? Questionna l'homme qui les observait d'un air soupçonneux, étonné que deux vagabondes comme elles, munies de deux vieilles valises menaçant ruine, vêtues comme deux pauvres bougresses échevelées, soient assez riches pour s'offrir une villégiature dans son hôtel.
— Pour une nuit ? Avança Clotilde timidement.
—C'est payable d'avance ! » Reprit l'homme sans ménagement.

Sans dire un mot, Mathilde se détourna, installa la valise contenant leur fortune sur une table à l'abri des regards, en retira une liasse de billets qu'elle mit dans la poche de son manteau. Revenant près du comptoir, elle demanda :

« Combien ?
—Vingt cinq francs ! » Affirma l'homme.

Mathilde sortit la liasse de sa poche, en extrait trois billets de dix francs et attendit la monnaie que l'homme lui tendit en même temps qu'une clé.

« Chambre vingt et un, deuxième étage. » Dit-il simplement.

Comme elles hésitaient, il indiqua avec un geste agacé :

« L'escalier est là ! »

Il ne leur avait jamais été donné d'entrer dans une si grande demeure, pas plus que d'avoir à monter des escaliers en dehors du parvis de l'église de leur village. Elles gravirent les deux étages en soufflant, béates du décor pourtant vieillot et somme toute assez miteux de l'endroit qui, pourtant, leur parut du plus grand luxe, avec ses tapis usés, ses lustres poussiéreux et ses tableaux accrochés aux murs représentant des paysages montagneux et des portraits d'illustres inconnus. Elles trouvèrent la chambre grâce au médaillon de métal accroché sur la porte. La pièce était meublée assez sommairement d'un lit, de deux tables de nuit, d'une chaise, d'une petite table devant une fenêtre aux rideaux de dentelle défraîchie et, comble de luxe, d'un bidet et d'un lavabo surmonté d'un miroir, avec, pendus à un crochet, une serviette et un gant de toilette. Elles trouvèrent même un morceau de savon posé sur le lavabo. L'endroit était triste et sombre, mais il leur sembla sorti tout droit d'un conte de fées. Il leur suffisait d'appuyer sur un bouton pour faire jaillir la lumière des deux petites lampes posées sur les tables de nuit et d'ouvrir les robinets du lavabo pour avoir immédiatement de l'eau chaude ou froide. Comparé à leur maison sans aucun confort et à la masure où elles avaient dû séjourner ces derniers temps, ce lieu était au-dessus de ce qu'elles auraient pu espérer. Elles se délectèrent d'une grande toilette dans le lavabo, trouvèrent le bidet parfait pour un bain de pieds et se lavèrent la tête sous les robinets. Propres et revigorées elles sortirent de leur valise les vivres qu'elles avaient emportés. Elles mangèrent devant la fenêtre, regardant avec curiosité l'animation de la place, les lampadaires qui s'allumaient tour à tour, les boutiques dont les vitrines s'éclairaient de néons multicolores.

C'était là une expérience qui donnait à Clotilde des idées d'évasion, de changement de vie, de regrets, aussi, mais qui laissait Mathilde froide et déterminée à retourner le plus vite possible dans sa campagne natale. Une discussion s'ensuivit qui ne les mit encore une fois pas d'accord. Clotilde émit l'idée de rester en ville pendant quelques jours pour se familiariser avec les coutumes de l'endroit, de se renseigner sur l'achat possible d'une boutique et de se mettre à la recherche d'un logement ou d'une maison où elles pourraient habiter. Puisqu'elles étaient riches, maintenant, à quoi leur servirait de retourner dans leur village, de recommencer à s'épuiser à cultiver leur lopin de terre et nourrir leurs volailles qui ne suffisaient qu'à peine à leur subsistance ? Terminer sa vie aussi tristement, loin de tout ne lui disait vraiment plus rien. Elle avait soif de vivre autrement, d'apprendre, de voir autre chose que cette triste campagne sans animation et sans joie. Mathilde répliquait qu'elles n'étaient pas faites pour vivre en ville, qu'elles ne connaissaient rien à la mentalité des gens d'ici, que ce serait peut-être dangereux de se lancer dans une telle aventure et que, de toute façon, cet argent qu'elles avaient subtilisé dans la maison de l'homme ne leur appartenait pas, qu'elles ne pourraient fournir aucune explication valable si on leur demandait d'où elles le tenaient...

Elles s'endormirent contrariées, l'une des prétentions de l'autre et l'autre de l'entêtement de l'une.

Clotilde fit encore ce cauchemar où l'homme se levait de cette tombe où elles l'avaient enfoui et la suppliait de l'aider en lui disant des mots d'amour. Elle s'éveilla en sueurs et en pleurs. Mathilde, comme à son habitude, sonna l'heure du réveil alors que le jour n'était pas encore levé. Houspillant sa sœur pour qu'elle arrête de se lamenter et qu'elle se dépêche de s'habiller, elle rangea leurs affaires dans la valise, couvrit le lit, vérifia qu'elles n'avaient rien sali ou déplacé, poussa Clotilde hors de la chambre dont elle referma la porte à clé. Dans le hall de l'hôtel, le portier somnolait sur son siège. Sans bruit, elle déposa la clé sur le comptoir et elles sortirent dans la rue encore ensommeillée. Seul un café, de l'autre côté de la place, semblait être ouvert. Mathilde s'y dirigea d'un pas décidé, poussa la porte suivie de Clotilde, boudeuse et traînant la patte. Elles s'installèrent à la première table sous le regard surpris du cafetier. Mathilde commanda du café et de quoi se restaurer. On leur servit une cafetière fumante et odorante, des tartines de pain et du beurre. Comme le barman leur demandait si elles désiraient autre chose, Mathilde fit non de la tête et, sans un regard pour sa sœur, elle se mit à préparer des mouillettes qu'elle trempa dans son café. Clotilde l'imita. Elles déjeunèrent en silence. Lorsqu'elles eurent avalé la dernière miette du pain et bu deux bols de café, Mathilde appela l'homme qui les observait, appuyé à son comptoir.

« Nous somme un peu perdues, lui dit-elle. Nous voulons rentrer chez nous, mais nous ne savons pas comment nous y prendre.
—Et où vous voulez aller, mesdames ? » Demanda le cafetier avec un accent traînant.

Mathilde sortit la carte routière de sa poche, la déplia et lui montra le point minuscule figurant leur village.

« Houla, la, la ! Fit l'homme en émettant un sifflement entre se dents. C'est que c'est pas la porte à côté ! Et comment vous êtes arrivées ici, mes pauvres ?
—C'est une longue histoire. Répliqua Mathilde. Mais maintenant, nous voulons rentrer chez nous.
—Y a bien le train. Mais je suis pas sûr qu'il vous amène là ! Vous devriez vous rendre à la gare. Là, ils vous renseigneront. »

Le cafetier les accompagna sur le pas de la porte et leur indiqua la direction de la gare. Mathilde marchait vite, comme si elle avait le diable aux trousses, refusant obstinément de regarder autour d'elle ni de s'attarder, comme le lui demandait Clotilde, devant les vitrines des magasins qui commençaient à ouvrir leurs portes. L'animation gagnait la ville, des piétons s'affairaient, des marchands ambulants montaient leurs stands pour le marché du jour, des voitures allaient en tous sens. Clotilde était excitée de voir ce remue-ménage, de sentir les odeurs, de ressentir l'ambiance de la ville. Ça la mettait dans tous ses états ; elle râlait après sa sœur qui ne lâchait pas prise, pressée d' échapper à ces tentations, de rentrer se mettre à l'abri dans sa maison, loin du bruit, loin du monde.

Elles marchèrent plus de deux kilomètres, traversant des rues, longeant une avenue presqu'au pas de course et finirent par arriver à la gare. Prendre le train était une expérience qu'elles n'avaient jamais tentée. Ne sachant pas ce qu'il convenait de faire, n'ayant même jamais vu un hall de gare, elles erraient le nez en l'air, abasourdies. Mathilde se ravisa, tira sa sœur par la manche et se dirigea vers un guichet derrière lequel une employée semblait n'attendre que leur visite. Sortant à nouveau la carte de sa poche, elle l'étala devant la préposée et lui demanda si un train pouvait les déposer à l'endroit indiqué. La femme, levant les yeux, observa les deux sœurs quelques instants et fit une grimace, semblant se demander d'où sortaient ces drôles de bonnes femmes habillées comme au siècle passé. Elle leur indiqua que la gare la plus proche du point indiqué sur la carte était celle de Périgueux, à deux cent quatre vingts kilomètres et que, pour rentrer chez elles, elles devraient trouver sur place un autre moyen de transport. Cette révélation laissa Mathilde désemparée. Autant de kilomètres lui semblaient impossibles à parcourir !

« Le train vous y mènera en moins de quatre heures ! » Lui assura la préposée.

Et quel autre moyen de transport pouvait-il bien exister ?

« Le car, lui dit encore la préposée ou un taxi... »

Le car, elles l'avaient pris avec le père lorsqu'il les emmenait à la foire. Tout n'était donc pas perdu. La préposée lui tendit deux tickets qu'elle paya avec deux billets de dix francs. La liasse qu'elle avait subtilisée dans la mallette commençait à s'amenuiser, mais, pensait-elle, de retour à la maison, je placerai le reste et nous aviserons sur ce qu'il conviendra d'en faire.

Elles attendirent le train sur le quai où quelques voyageurs faisaient les cent pas. Lorsque la locomotive entra en gare, Mathilde eut un recul de peur devant ce monstre soufflant et grinçant. Clotilde, curieuse de tout ce qui se passait autour d'elle, trouva la chose extraordinaire et fut heureuse de grimper dans le wagon où les banquettes en cuir, les tentures de velours et les images encadrées la ravirent. Comme une enfant, le nez collé à la vitre, elle admirait ces paysages inconnus et, lorsque le train arriva en gare de Périgueux, elle regretta que le voyage ait été trop court alors que Mathilde, rivée à son siège, n'avait cessé de bougonner, trouvant le temps trop long, le compartiment trop puant, le train trop bruyant.

Ce ne fut pas une mince affaire que de trouver un véhicule pour rentrer dans leur village. Elles durent, une fois encore, chercher un hôtel pour la nuit. Elles partirent le lendemain matin après avoir parcouru la moitié de la ville pour se rendre à la gare des cars où elles durent attendre une partie de la matinée, se renseigner sur la marche à suivre pour monter dans le bon véhicule, montrer encore la carte pour se faire comprendre du préposé qui leur vendit deux billets qui coûtèrent encore vingt francs.

Mathilde en avait des sueurs froides de devoir dépenser tout cet argent qui ne lui appartenait pas, mais Clotilde aurait bien donné tout le contenu de la mallette pour continuer le voyage, aller plus loin, traîner, comme disait sa sœur et visiter ce qu'elle appelait le vaste monde… Jamais les jumelles ne s'étaient montrées si différentes, jamais elles n'auraient soupçonné avoir des goûts si opposés.

Clotilde pensait que l'homme, en les enlevant, en leur faisant vivre une expérience aussi inattendue et traumatisante, lui avait finalement rendu un grand service ; coincée dans son village perdu, elle n'aurait jamais pu réaliser à quel point la vie qu'elle menait depuis sa plus tendre enfance était triste et sans intérêt alors qu'il y avait tant à faire et à découvrir au dehors.

Mathilde, de son côté, pensait que sa sœur avait perdu la raison, que cet homme lui avait retourné la cervelle et que ça allait passer, qu'elle allait se raviser, que, dès qu'elles auraient repris leurs habitudes, tout cela serait loin derrière elles, qu'elles oublieraient et que tout rentrerait dans l'ordre.

Le retour

Après des heures passées dans ce car qui roulait à la vitesse d'un escargot, s'arrêtant, attendant les voyageurs à chaque station, elles arrivèrent enfin à destination. Il leur fallut encore trouver une voiture qui accepterait de les conduire jusque chez elles. La chance leur sourit en la personne d'un agriculteur qui était venu chercher sa belle-sœur arrivant aussi de Périgueux par le même car. En les voyant, il leur fit un signe et, comme elles semblaient perdues, il leur proposa spontanément de les embarquer.

Elles arrivèrent à la nuit devant chez elles. Le choc fut rude. Le jardin était en friche, le poulailler était vide de ses volailles, le potager de ses légumes, la maison était froide, sale et ouverte à tous vents, les volets battants.

Voyant que les jumelles ne revenaient pas, le facteur en avait eu assez de soigner les bêtes. Il décida donc de les passer purement et simplement à la casserole. Même la chèvre n'était plus là. Les derniers légumes avaient été récoltés par qui avait bien voulu les prendre. Il fallait tout recommencer... Beaucoup de choses avaient disparu de la maison et de la grange. Les outils du père manquaient à l'appel... Au cimetière, la tombe des parents disparaissait sous un monceau e fleurs fanées et de feuilles mortes.

Les jours qui suivirent furent consacrés à tout remettre en état, à se mettre à la recherche des outils volés et des indélicats voleurs, à refaire des provisions.

Le facteur ne reparut plus, il avait été remplacé par un jeune qui montait au village en mobylette et qui ne put rien dire de son ancien collègue.

Mathilde s'acharna à retourner la terre, à nettoyer la tombe, pendant que Clotilde remettait de l'ordre dans la maison en rongeant son frein. Les habitants du village, qui ne s'attendaient pas à les voir revenir, les fuyaient, ne répondaient à leurs questions que de manière évasive ; personne ne savait rien, personne n'avait rien vu ni rien entendu. Le curé lui-même, gêné, tournait autour du pot et posait plus de questions qu'il n'avait l'intention de donner de réponses.

Les jumelles étaient découragées. Mathilde ne décolérait pas, Clotilde ne voulait plus de cette vie. Leurs soirées furent occupées à de grandes discussions au cours desquelles Clotilde s'évertuait à persuader sa sœur d'accepter de partir, d'aller vivre ailleurs et autrement.

« Nous pourrions, lui proposait-elle, vendre la maison. Le notaire s'en chargerait. Nous aurions assez d'argent pour acheter une boutique en ville. Nous n'avons plus rien à faire ici.
—Nous sommes nées ici, dans cette maison, répliquait Mathilde. Jamais, tu m'entends bien, jamais je n'accepterai de la vendre à des étrangers. Nous devons continuer. La semaine prochaine, nous irons à Pontet Ste Maxime avec le car et nous rachèterons des outils et tout ce qu'il nous manque. Ce sera tout l'argent que j'accepterai de dépenser. Après, je remettrai la mallette aux gendarmes en disant que nous l'avons trouvée. C'est tout. »

La discussion était close. Clotilde comprit qu'elle ne pourrait pas décider sa sœur à changer d'avis. Pourtant, elle insista et insista encore. Mathilde, excédée, prise d'une violente colère, lui donna une paire de gifles qu'elle regretta aussitôt, mais trop tard.

À cet instant précis, Clotilde prit sa décision. Le lendemain, alors que Mathilde s'affairait dans la grange, Elle mit quelques affaires dans la valise du père, prit la mallette, en retira la moitié des billets qu'elle rangea dans le tiroir de la table de nuit avec la cassette de bijoux et les titres au porteur. Elle griffonna un mot destiné à sa sœur :

« Mathilde, puisque tu préfères rester ici, je prends la moitié de l'argent et je laisse le reste dans le tiroir de ta table de nuit. Fais-en ce que tu voudras. Moi, je pars. Je t'embrasse. Clotilde. »

Elle disposa la lettre en évidence sur la table de la cuisine et sortit de la maison avec l'intention de gagner à pied le village voisin d'où elle pourrait prendre le car pour Périgueux. Puisque sa sœur s'entêtait à continuer à vivre comme une pauvresse, qu'elle reste ! Elle, elle allait tenter l'aventure, et on verrait bien ! Elle avait la preuve qu'elle n'était pas enceinte, ce qui fut à la fois un soulagement et comme un regret. Après tout, elle était encore jeune.

Elle avait bien le droit de vivre sa vie comme elle l'entendait !

C'était sans compter sur la vigilance de Mathilde qui, ayant toujours tout dirigé, n'entendait pas laisser Clotilde n'en faire qu'à sa tête. Alors qu'elle revenait de la grange vers la maison, elle la vit partir en se hâtant, les deux valises à la main. Son sang ne fit qu'un tour. Elle l'appela et se mit à lui courir après. Essoufflée, elle la rattrapa au bout du village, la retint par un pan de son manteau.

« Tu es folle ! Clotilde, hurla-t-elle. Qu'est-ce que tu comptes faire ? Où crois-tu pouvoir aller, ma pauvre fille ? »

Clotilde essaya de lui échapper, mais Mathilde la tenait fermement par un bras en essayant de lui faire rebrousser chemin. Elles en vinrent aux mains. C'était la première fois, depuis leur naissance, qu'elles se battaient. Jamais Clotilde ne s'était rebiffée devant les exigences de sa sœur, en dehors de leur dispute de l'autre jour et elles furent toutes deux aussi surprises de leurs réactions, mais aucune ne voulut céder. S'empoignant qui par les cheveux, qui par le cou, elles roulèrent à terre en contrebas de la route dans l'herbe humide, se distribuant des claques en poussant des cris de harpies.

Contre toute attente, Clotilde eut le dessus. Elle parvint à se redresser en même temps que Mathilde la retenait fermement par les poignets. Elle la repoussa et Mathilde perdit l'équilibre. Clotilde essaya de la retenir, mais elle l'entraîna dans sa chute. Elles roulèrent toutes deux à terre, enlacées. Mathilde tomba à la renverse, Clotilde roula sur le côté. Avant que sa sœur n'ait le temps de réagir, Clotilde se releva et, profitant de cet instant d'accalmie, empoigna ses bagages avec l'intention de détaler sans laisser à Mathilde le temps de se ressaisir. Elle lui jeta un dernier regard et vit qu'elle était toujours à terre, sans connaissance. Elle lui tapota les joues sans obtenir la moindre réaction. Affolée, elle se mit à hurler :

« Mathilde, ho ! Mathilde ! Arrête de faire l'idiote. Réponds-moi ! »

Mathilde ne réagissait pas. Clotilde s'agenouilla et passa une main sous sa tête pour la soulever. Un liquide chaud et poisseux coula entre ses doigts. Du sang, constata-t-elle. Prise de panique, elle se releva d'un bond, cherchant autour d'elle quelque chose ou quelqu'un qui pourrait l'aider, tourna et retourna autour de Mathilde, pleurant et criant, levant les bras en tous sens. Elle appela au secours, mais personne, de cet endroit, ne pouvait l'entendre. Désespérée, elle se laissa tomber à terre. Une soudaine colère l'envahit. Elle tremblait. Hystérique, elle se mit à hurler :

« Tu me fais marcher, Mathilde ! Tu fais semblant d'être morte pour m'embêter, hein ? Pour que je reste avec toi ! Tu ne peux pas être morte ? Tu ne peux pas me faire ça, pas maintenant ! Allez, bouge, réveille-toi ! Allez ! Lève-toi ! Rentrons à la maison ! Tu verras, je vais soigner ta tête et demain, ça ira mieux. Allez, vas-tu me répondre, à la fin ? »

A bout de souffle et de nerf, elle s'effondra. Assise dans l'herbe humide, elle resta un long moment abêtie, incapable de faire un mouvement. La nuit commençait à tomber et avec elle, une pluie fine et glacée la sortit de son apathie. Comprenant que Mathilde ne se relèverait pas, qu'elle était morte, elle se secoua.

Récupérant son sang froid, elle réunit ses bagages éparpillés, les cacha dans un trou sous un amas de feuilles et de buissons et courut comme une folle jusqu'au village.

Le bistrot était le seul endroit où il lui était possible de trouver de l'aide. En arrivant dans la salle, essoufflée, défaite, pâle comme la mort, en sueur, le visage tuméfié, elle s'écroula, en proie à un malaise. Lorsqu'elle reprit conscience, elle était allongée dans l'arrière boutique, à même une table, entourée du patron et de sa femme qui lui bassinait le front avec un linge mouillé de vinaigre. En la voyant dans cet état, ils avaient compris qu'il lui était arrivé quelque chose de grave et attendaient qu'elle se remette pour la questionner. On lui servit un verre de gnole et on attendit qu'elle puisse parler. Elle n'avait pas eu le temps de réfléchir aux explications qu'il lui faudrait donner et c'est tout naturellement qu'elle improvisa, en hoquetant, que sa sœur et elle-même, alors qu'elles revenaient du bas du village, avaient été attaquées par un individu inconnu qui les avait battues, qu'elles s'étaient défendues comme elles le pouvaient, mais que sa sœur était tombée, qu'elle saignait et qu'elle ne bougeait plus. Les consommateurs, curieux, avaient stoppé leur partie de carte, s'étaient approchés d'elle et avaient écouté son récit en hochant la tête.

« Et où il est, cet individu ? Questionna l'un d'entre eux.

—Je ne sais pas, répondit Clotilde en redoublant de pleurs. Il est parti en courant quand il a vu Mathilde par terre.

—Et comment qu'il était ? Demanda un autre.

—Je ne sais pas, moi ! Je ne sais plus ! Il faut aller chercher Mathilde, faire quelque chose ! » S'impatienta-t-elle.

Le patron du bistrot repoussa ses clients et, prenant Clotilde par le bras il lui demanda :

« Où elle est, Mathilde ? Emmène-moi. On va aller la chercher. Toi, dit-il à sa femme, appelle les gendarmes et le docteur. »

Suivie des consommateurs et du patron, Clotilde revint à l'endroit où Mathilde était toujours couchée, sans vie. Le patron constata qu'elle était morte, mais n'en dit rien. La soulevant par les épaules, il fit signe à un autre de la prendre par les pieds et tous repartirent en direction du bistrot, dans un silence qui en disait long sur les pensées de chacun. Mathilde fut allongée dans l'arrière-boutique, en attendant l'arrivée du docteur et des gendarmes. Clotilde était désemparée, ne pleurait plus, ne savait plus ce qui lui arrivait. Elle s'était réfugiée dans la cuisine en compagnie de la patronne qui, ne sachant que lui dire, lui avait servi un grand bol de café pour la revigorer. Hagarde, le regard perdu, elle n'arrivait plus à aligner deux pensées cohérentes et fut prise d'une crise de larmes qui ne tarit que lorsque le médecin arriva deux heures plus tard, suivi par les gendarmes.

Le décès de Mathilde fut officiellement annoncé à Clotilde qui s'effondra à nouveau. Les gendarmes, compatissants, attendirent qu'elle se calme et lui firent raconter les circonstances de l'agression, qu'elle répéta mot pour mot comme elle l'avait fait auparavant, sans donner plus d'explication mais en décrivant le prétendu individu tel qu'on aurait pu le confondre avec l'homme qui les avait kidnappées mais que personne n'avait pu remarquer au village à cette époque.

Lorsque tout fut dit, on transporta le corps de Mathilde dans sa maison. Des voisines vinrent aider Clotilde à l'installer sur son lit mortuaire, deux restèrent avec elle pour la veillée funèbre en attendant que le curé vienne donner les Saints Sacrements à la morte.

La nuit fut longue et pénible pour Clotilde qui tournait en rond, marmonnait, se bouchait les oreilles pour ne pas entendre les commères réciter leur chapelet et faire des commentaires plaintifs. Elle avala deux cafetières de café et, le matin venu, elle était si fatiguée, triste et défaite, qu'une voisine, la prenant en pitié, l'invita à venir se reposer chez elle où elle lui prépara un petit déjeuner et où elle put dormir quelques heures.

Il fallut organiser l'enterrement, faire ouvrir le caveau familial, procéder aux formalités administratives. Toutes ces obligations l'occupèrent tant qu'elle en oublia d'aller récupérer ses valises où elle les avait cachées.

La veille de l'enterrement, alors que la nuit était tombée sous un beau clair de lune, elle prétexta le besoin de prendre l'air et retourna à l'endroit où personne, pas même les gendarmes qui avaient pourtant cherché sur les lieux un indice qu'ils n'avaient pas trouvé, n'avait découvert son précieux trésor. Elle ramena les valises à la maison, rangea son linge, cacha la mallette sur le haut de l'armoire de la cuisine et, alors que sa sœur reposait encore dans la chambre, veillée par les mêmes bigotes, elle se mit à rêver du jour où elle pourrait enfin quitter ce village.

Les funérailles eurent lieu le quatrième jour après l'accident. À huit heures du matin, les croquemorts vinrent mettre le corps en bière. Clotilde déposa le chapelet de la mère entre les mains de Mathilde et sa poupée de porcelaine qu'elle avait gardée précieusement pliée dans un papier de soie au fond de l'armoire. Elle l'embrassa une dernière fois sur le front et fit signe qu'on pouvait fermer le cercueil pendant que les voisins, qui s'étaient entassés dans la chambre et dans la cuisine, se signaient. Après la messe, le corbillard s'en alla au pas jusqu'au cimetière, suivi en procession par tout le village, Clotilde en tête, soutenue par les deux commères qui avaient veillé sa sœur ces quatre jours. Le curé donna sa bénédiction, on jeta de la terre sur le cercueil en se signant et chacun repartit, laissant Clotilde seule devant la tombe dans laquelle reposait maintenant toute sa famille.

Après s'être recueillie quelques instants, elle repartit tristement chez elle où elle réalisa pour la première fois sa condition d'orpheline seule au monde, sans sa sœur qui ne l'avait jamais quittée. En proie à une crise de larmes, elle s'enfuit de la maison et alla se réfugier chez cette voisine, la seule, sans doute, dotée d'assez de charité pour l'accueillir sans lui poser de questions. Le soir venu, elle accepta encore de dormir chez son hôtesse mais ne put fermer l'œil de la nuit, en proie à une tristesse emplie de remords et de colère autant envers elle-même qu'envers Mathilde qui l'avait amenée, à cause de son entêtement et de sa peur de la vie, dans cette situation.

Le lendemain, elle revint chez elle, rangea la maison et alla au cimetière où elle arrangea les fleurs sur la tombe. Elle éprouvait un étrange sentiment de tristesse mêlée de colère et de soulagement. Elle s'assit sur la margelle et se prit à parler à Mathilde :

« Ah, Mathilde, si tu m'avais écoutée, nous n'en serions pas là ! Tu as toujours voulu régenter ma vie, commander, tout organiser. C'est de ta faute, si tu es morte ! Moi, je ne voulais pas en arriver là. Tu n'avais qu'à me laisser partir, ou accepter de venir avec moi. Maintenant, voilà, toi tu es couchée là et moi je vais partir. Je ne reviendrai jamais, tu m'entends, jamais ! Adieu, sœurette. Adieu ! Finit-elle en sanglotant.
—Pauvre Gouaillâte ! La plaignirent en soupirant quelques commères qui l'observaient.
—Oui ! La voilà bien seule, maintenant, elle qui ne s'était jamais séparée de sa sœur ! Mais quand-même, je me demande bien où elles ont pu aller et ce qu'elles ont fait, tout ce temps qu'elles sont parties... »

Une nouvelle vie

Quelques jours plus tard, Clotilde se fit conduire chez le notaire pour le charger de vendre la maison, lui remettre les clés et mettre en ordre tout ce qui concernait la succession.

Quelle ne fut pas sa surprise d'apprendre que son père, tout au long de son existence, avait placé, sou par sou, de l'argent sur un livret aux noms de ses deux filles ! Cela ne représentait pas une grosse fortune, lui indiqua le notaire, mais avec les intérêts qui avaient couru toutes ces années, elle allait être à la tête de quelques vingt cinq mille francs. Oui, Mathilde était au courant, mais il croyait qu'elle aussi le savait. Sa sœur lui avait affirmé qu'elles préféraient attendre leurs vieux jours pour rentrer dans leurs droits, qu'elles en auraient plus besoin à l'heure de la vieillesse, qu'elles avaient bien assez pour vivre en attendant.

Elle sortit de l'étude en proie à des pensées contradictoires de reconnaissance envers ses parents qui s'étaient saignés aux quatre veines pour leur laisser ce pécule, de colère et de ressentiment envers sa sœur qui avait passé cet héritage sous silence, prenant encore une fois les décisions à sa place.

Elle resta encore quelques jours dans la maison pour trier et jeter tout ce qu'elle ne pouvait ni ne voulait emporter. Un matin du mois de février, elle ferma portes et volets et partit en jetant un dernier regard à cette maison où elle ne remettrait plus jamais les pieds, disant adieu à son passé.

Elle demanda au patron du bistrot de la conduire à la ville voisine où elle prit le car pour Périgueux avec l'intention d'y séjourner pendant quelque temps, le temps de savoir où elle s'installerait désormais pour refaire sa vie.

« Plus jamais, se dit-elle en regardant défiler le paysage, je ne soignerai les poules, plus jamais je n'irai tous les dimanches à la messe et au cimetière, plus jamais je ne passerai des heures interminables derrière une fenêtre à guetter les passants, plus jamais je ne serai habillée comme une souillon, plus jamais je ne rêverai d'une autre vie. Plus jamais je ne me laisserai mener par le bout du nez. Plus jamais ! «

A quarante ans, elle prenait enfin sa vie en main. Elle eut une pensée émue pour cet homme qui avait changé son destin et pour qui elle garda toujours, au fond du cœur, de la reconnaissance malgré les événements malheureux qu'il avait provoqués. Ses seuls regrets furent son absence et celle de sa sœur dans sa nouvelle vie. Elle ne se remit jamais vraiment de ces deuils qui lui laissèrent un arrière goût de culpabilité.

La vente de sa maison, quelques mois plus tard, vint augmenter le petit héritage de ses parents. Elle acheta une boutique et un coquet appartement dans le centre de Périgueux et n'eut pas assez de tout le temps qui lui restait à vivre pour dépenser sa fortune qu'elle fit fructifier en vendant des articles de mode dont elle fut la principale représentante, élégante, accueillante, aimable avec sa clientèle. Elle eut un ami qui fut un temps son amant mais avec lequel elle finit, à la longue, par entretenir une relation strictement platonique. C'était un riche veuf qui lui fit découvrir les plaisirs du monde, le théâtre, les restaurants, les voyages. Ils ne vécurent jamais ensemble, ne se rencontrant que pour le plaisir. Plus âgé qu'elle, il s'éteint d'une méchante grippe et elle resta définitivement seule.

Elle vécut jusqu'à quatre vingts ans, pas tout à fait heureuse, mais pas malheureuse non plus. Jamais elle ne parla à quiconque de son passé et, lorsqu'elle mourut, le notaire eut la surprise de découvrir, dans son appartement, une vieille mallette pleine de billets de banque, de bons au porteur périmés et une cassette de bijoux. Comme elle n'avait pas d'héritier ce fut l'état qui en bénéficia. On ne sut jamais d'où lui venait toute cette fortune.

FIN

TABLE DES MATIÉRES

Une vie simple sans histoire	1
L'enlèvement	17
La séquestration	39
La séduction	61
La vengeance	76
La découverte	87
Le départ	93
Le retour	111
Une nouvelle vie	125

L'auteur

Mona Lassus est née à Bordeaux. Son enfance a été marquée par la culture du Sud-ouest, riche d'histoire, de gastronomie et de bien-vivre.

Inspirée par la douceur des paysages de sa région, elle a commencé, très jeune, à écrire des poèmes. Plus tard, la vie quotidienne des gens simples, les coutumes régionales, les anecdotes drôles, croustillantes ou dramatiques entendues autour de la table familiale ou sur la place des villages lui ont servi de fil conducteur pour écrire des nouvelles, des contes et un premier roman « La vie des gens ».

Du même auteur :

Aux éditions BoD

La vie des gens
L'affaire Georges Navet